Un bébé pour Noël

Également par Keira Andrews en Français

Romance contemporaine
Lune de miel en solitaire
Par-delà l'océan
Rumspringa interdit (Romance Amish Gay t. 1)
Un nouveau depart (Romance Amish Gay t. 2)
Trouver son chez-soi (Romance Amish Gay t. 3)
Le voeu de Noël (Romance Amish Gay t. 3.5)

Romance de Noël et les fêtes
Un bébé pour Noël
Un bûcheron sous le sapin
Un pur joyeux Noël
Un daddy pour Noël
Un faux petit ami pour Noël
Huit nuits en Décembre
Quand l'amour brille de mille feux…
Au pied du sapin
Si ce n'est qu'un rêve

Action et aventure
Vaillant en movement (Vaillant t. 1)
À cœur vaillant (Vaillant t. 2)
Passion en arctique

Fantasy
Marié au barbare
Le Vœu du barbare

Historique
Kidnappé par un piratè

Paranormal

Vaincre les ténèbres (Vaincre les ténèbres t. 1)
Combattre la marée (Vaincre les ténèbres t. 2)
Défier l'avenir (Vaincre les ténèbres t. 3)

Sport

Rivalité sur glace
Transfert à Ottawa

Un bébé pour Noël

KEIRA ANDREWS

Un bébé pour Noël
Écrit et publié par Keira Andrews
Couverture par Dar Albert
Mise en page par BB eBooks
Correction par Cecily Green

Traduction par Alexia Vaz
Relecture par Lily Rose
Copyright © 2024 Keira Andrews
Print Édition

ISBN : 978-1-998237-74-6

Chapitre 1

CAM

TROIS JOURS AVANT un autre Noël solitaire, je découvris qu'il était impossible de confondre un cri de bébé avec autre chose.

Porté par le vent glacial, ce faible gémissement me tira brusquement de ma rêverie.

Bonnie souffla bruyamment et fit un écart. Je caressai sa crinière alezane en me penchant sur la selle.

C'était quoi ce délire ?

Je tendis l'oreille pour écouter et plissai les yeux afin de voir au-delà de mon troupeau de yaks aux poils hirsutes qui levèrent brièvement leurs grosses têtes en entendant ce bruit avant de reprendre une vie ordinaire. Ils mâchonnaient les longues herbes jaunies qui perçaient la fine couche de neige, l'air impassible, leurs cornes recourbées leur donnant une allure bien plus féroce qu'ils ne l'étaient en réalité.

Les pleurs venaient-ils de la direction des montagnes ? Près des Rocheuses, les bruits avaient tendance à nous jouer des tours. Je jetai un coup d'œil au loin. Au-delà des champs ondulants saupoudrés de neige, derrière les pins serrés qui parsemaient les contreforts, les sommets enneigés étaient dissimulés derrière des nuages gris et menaçants. La neige allait continuer de tomber.

En *grande* quantité.

Je percevais l'humidité dans l'air. Je la sentais. Je la ressentais au plus profond de moi, aussi théâtral que ça puisse sembler. Mais je le *savais*. Bien que les températures soient encore glacées, j'avais pu laisser mon bonnet en laine chez moi pour porter mon Stetson noir préféré. La température était suffisamment montée pour que, au lieu d'avoir du mucus cristallisé, je sente de l'humidité à l'intérieur de mon nez quand j'inspirais.

Le blizzard se profilait à l'horizon.

Inclinant la tête, j'écoutai. Je n'entendais que le reniflement de Bonnie et le vent sifflant. Après avoir retiré l'un de mes gants de travail, je grattai ma courte barbe.

— Je perds la tête, grommelai-je.

Je jetai un coup d'œil par-dessus mon épaule, à l'endroit où Toby s'était enfui une minute plutôt. Il était tendu et regardait au loin. Pourchassait-il un lièvre, comme d'habitude ? Mon chien moucheté aboya vivement une unique fois.

Un bébé pleurait.

Mon cœur tambourinant, j'encourageai Bonnie à avancer avec un petit coup de ma botte, la poussant à trottiner pour suivre Toby, qui courait précipitamment dans une pente pour remonter de l'autre côté. Le terrain ici était rocailleux. Je ne poussai donc pas Bonnie à accélérer, bien que quelque chose cloche terriblement.

Il n'y avait rien, par ici, mis à part un ruisseau et le vieux Coyote Trail. Pourtant, alors que nous remontions la côte, les pleurs devinrent de plus en plus forts, de plus en plus stridents, et absolument indéniables.

C'était un bébé.

Et le point rouge qui faisait tache dans le paysage était une voiture.

Je maîtrisai automatiquement Bonnie. Voir une voiture sur ce terrain n'était assurément pas normal. Pourtant, elle était là… une petite Ford, peut-être. Rouge cerise. Elle était arrêtée au bord d'un chemin de terre abandonné que tout le monde avait un jour appelé Coyote Trail. Si j'avais un jour su pourquoi il portait ce nom, je ne m'en souvenais plus, à présent.

La fine couche de neige trahissait les traces des pneus. Même si elle ne s'était pas arrêtée ici, elle ne serait pas allée beaucoup plus loin. L'après-midi s'obscurcissait de minute en minute. Le soleil se couchait à seize heures trente, à cette époque de l'année, et la tempête en approche n'aidait certainement pas.

Bonnie piétinait avec ses sabots et je caressai donc son encolure crispée.

— Chhhut. Je sais. Nous rentrons très bientôt à la maison.

Toby s'était également arrêté, jetant tour à tour un coup d'œil nerveux dans ma direction, puis dans celle de la voiture. Une grande silhouette faisait les cent pas de l'autre côté du véhicule, berçant un paquet qui devait être le bébé en pleurs.

Le Coyote Trail n'était pas délimité et n'était connu que des habitants du coin – qui savaient également qu'il ne valait mieux pas s'y aventurer en ce moment.

Quel idiot viendrait ici dans l'obscurité alors qu'une tempête approchait ? Avec un *bébé* ?

J'étais puissamment tenté de tourner les talons et de le laisser ainsi. J'avais eu hâte de passer une soirée tranquille près du feu, avec mon livre dans une main et des caresses pour Toby de l'autre. Je n'étais certainement pas d'humeur à gérer… ce que c'était.

Le bébé pleura encore davantage, comme s'il entendait mes pensées égoïstes, et je gigotai sur ma selle alors qu'une culpabilité brûlante me picotait. À vrai dire, je n'avais jamais abandonné une personne perdue, encore moins un enfant. Ils n'étaient peut-être pas perdus… enfin, ils le seraient bientôt s'ils ne battaient pas en retraite vers l'autoroute.

Donnant un coup de talon et claquant la langue, je remis Bonnie en mouvement. Toby courait devant nous en aboyant. L'homme au loin pivota et agita frénétiquement la main. Je levai un bras en guise de réponse.

L'inconnu – qui portait une parka sombre, un bonnet en laine rouge et une écharpe grise enroulée autour de la moitié basse de son visage – contourna précipitamment la voiture à hayon.

— Merci mon Dieu !

Il tenait toujours le bébé en pleurs, qui était si emmailloté qu'il n'était qu'une masse dans une combinaison jaune bouffante et une épaisse écharpe bleue. Son jean sombre collait à ses jambes fines.

— Qu'est-ce que vous faites là ? demandai-je d'une voix assez froide.

— Je prenais le raccourci vers Lonely Creek.

Sa voix basse était étouffée par son écharpe et seuls ses yeux marron, encadrés par des cils épais, étaient visibles entre l'écharpe et le bonnet.

— J'essayais de semer cette tempête.

D'épais flocons commencèrent à tomber à point nommé et il leva ses jolis yeux en plissant les paupières.

— J'aurais pu y arriver si le moteur n'était pas

tombé en rade au pire moment possible.

— Non. Un glissement de terrain a coupé Coyote Trail. Il y a au moins dix ans.

Comment pouvait-il connaître son existence ?

L'homme grogna.

— Meeer…

Il tapota le bébé gigotant, caché contre son torse, sous toutes ces couches de vêtements d'hiver, et baissa les yeux vers lui.

— *Mercredi*. Vous avez du réseau ? Je n'ai aucune barre.

Je fus obligé de rire. De bon cœur.

— Il n'y a pas de réseau, ici.

Mon téléphone portable restait dans un tiroir, sauf quand je partais en ville ou à Lethbridge.

Il grogna à nouveau.

— Écoutez, je suis vraiment désolé de vous déranger, mais pourriez-vous nous conduire jusqu'en ville ? Lonely Creek, ajouta-t-il comme s'il y avait une autre ville dans les environs.

Mis à part des stations de ski dans les montagnes, il n'y avait que Lonely Creek.

Restant debout avec le bébé dans les bras, il plia maladroitement les genoux pour caresser Toby, qui le poussait avec enthousiasme et remuait la queue. Toby rencontrait rarement de nouvelles personnes.

— Mon pick-up est près de la grande maison, expliquai-je.

Moins d'une minute plus tard, la neige tombait déjà en couche plus épaisse et les montagnes disparurent en un clin d'œil derrière un rideau blanc.

— Il faut qu'on se réfugie en intérieur.

Je jetai un coup d'œil en direction de l'autoroute à deux voies, qui était encore plus loin, mais qui n'était jamais bondée, même dans les pires moments. Elle était bien trop loin et nous devrions faire signe à un véhicule passant par là. Même lors d'une journée d'été ensoleillée, ça ne serait pas un bon plan. Cette idée était donc terrible, en ce moment, bien que j'aie l'envie de résoudre ce problème.

— Vous êtes certain que le moteur est grillé ? demandai-je.

L'homme acquiesça.

— Mais je ne suis pas un expert, donc, je vous en prie, jetez un coup d'œil si vous le pouvez. Le vendeur a promis que cette voiture avait de nombreuses années devant elle. Ça ne fait qu'une semaine.

Il berçait le bébé qui pleurnichait en marchant d'un pas pressé, ses bottes de travail crissant sur le bord rocailleux de l'ancienne route. Il y avait quelque chose d'étrangement familier chez lui, mais je mis ça de côté. Le temps pressait.

Je sautai du dos de Bonnie, qui souffla d'un air désapprobateur, mais ne bougea pas. Ravi d'avoir mon long manteau en cuir usé alors que le vent soufflait, je soulevai le capot de la voiture dans un crissement et jetai un coup d'œil à l'intérieur. Je m'y connaissais un peu en moteurs – suffisamment pour savoir que celui-ci était hors de ma portée, même si j'avais des outils dans ma sacoche. Je ne voyais rien de flagrant. Je fermai donc le capot dans un bruit sourd.

Il n'y avait pas d'autre option.

— Nous devons retourner à mon chalet à cheval.

Je dis mentalement adieu à ma nuit paisible. Plus que ça, je n'avais pas eu d'invité depuis… toujours. Encore moins un *bébé*.

L'homme regarda fixement Bonnie, qui reniflait le sol. C'était une grande jument alezane, et bien que d'ordinaire, je ne mette pas deux hommes adultes sur son dos, nous n'avions pas le choix. L'obscurité et la neige se rapprochant, cela me prendrait trop de temps de retourner chez moi pour récupérer mon véhicule tout-terrain. De plus, j'avais confiance en l'assurance de Bonnie plus qu'en celle d'une machine.

Ma jument leva la tête, la neige fraîche, qui recouvrait déjà ses oreilles tressaillantes, assortie aux taches blanches sur son visage. Je grattai son encolure et murmurai :

— Désolé. Ça ne prendra pas longtemps. Êtes-vous déjà monté à cheval ? demandai-je d'une voix plus forte à l'inconnu.

Le bébé, qui avait heureusement arrêté de crier, gazouilla son mécontentement. L'homme tapota son dos couvert d'une main gantée et jeta un coup d'œil à Bonnie.

— Oui, il y a des années. Mais ce n'est pas sûr pour elle.

— Bonnie est fiable. Elle peut supporter le poids sur une courte distance.

Je levai les yeux vers le ciel d'un gris acier. Nous devions nous mettre en marche.

— Je parlais de ma fille.

Oh. Bien sûr. Je plissai les yeux en regardant le paquet jaune. Je comprenais qu'il ne veuille pas faire monter un bébé à cheval.

— Nous avancerons lentement, mais nous devons y aller.

L'inconnu jeta un coup d'œil méfiant à Bonnie, mais acquiesça.

— Et toutes nos affaires ?

— Apportez le strict nécessaire. Le reste n'ira nulle part. Personne ne vient par ici.

— Très bien. Mon Dieu, je suis un idiot.

Je ne comptais pas le nier, mais je demeurai silencieux et n'en rajoutai pas non plus une couche. Nous ne pouvions remonter le temps pour modifier sa terrible décision de quitter l'autoroute.

Je fis les cent pas, tandis qu'il installait le bébé dans le siège auto à l'arrière de la voiture à hayon.

Il sortit ensuite un sac, puis deux, puis trois. Seigneur, comment un humain si minuscule pouvait-il avoir besoin de tant d'affaires ?

Je m'éclaircis la voix.

— Vous allez devoir réduire le tout à un seul sac.

— Hm…

L'homme ouvrit le coffre plein à craquer. Il farfouilla et trouva un sac de sport des Blue Jays de Toronto.

— Si je mets tout là-dedans, ça fonctionne ?

— Il le faudra.

J'enlevai sacoche et selle à Bonnie, gardant le licol. Je lui tendis ensuite une pomme glacée que je sortis de ma poche.

— Je vais laisser ça dans votre voiture.

Il cligna des yeux en me regardant.

— Nous allons monter sans selle ? N'est-ce pas dangereux ?

— C'est mieux pour Bonnie. Nous ne pouvons pas tenir tous les deux sur la selle et si je monte derrière, ça fera beaucoup de poids sur ses reins.

Je plaçai la selle sur le siège conducteur, comme c'était le seul espace encore disponible dans le véhicule.

Alors que je regardais le type fourrer des couches, des bouteilles de lait en poudre et des pots de nourriture pour bébé dans le sac des Jays, ce vague sentiment de reconnaissance ressurgit soudain, me donnant un coup violent au ventre. Je pris une vive bouffée d'air sec.

Ces yeux marron entourés de cils épais. Le baseball. De longues jambes. Plus d'un mètre quatre-vingt. Quelqu'un qui connaissait l'existence du vieux Coyote Trail.

Non.

Impossible.

Oh que non.

— Jake Gregson ? l'accusai-je d'une voix aussi tranchante qu'une lame.

Il se redressa brusquement, là où il s'était appuyé contre le siège arrière, se cogna la tête contre le rebord de la portière et tira vivement sur son écharpe.

Cet homme n'était pas un inconnu, après tout. Je ne connaissais que trop bien la pourriture qui existait derrière ce joli minois.

Mis à part la barbe sur sa peau lisse et pâle, sa mâchoire burinée et sa bouche pulpeuse étaient similaires. Je ne m'étais pas autorisé à penser à Jake Gregson depuis bien, bien longtemps, mais en me retrouvant face à lui après… quoi ? Treize ou quatorze ans ? Tout me revint.

Le désir. La vénération. La trahison. La honte. La fureur. La souffrance.

La souffrance arrivait encore à me couper le souffle après tout ce temps et je détestais cela plus que je ne pouvais le supporter. Je détestais également que ce salopard soit encore plus canon dans la trentaine qu'il ne l'avait été dans l'adolescence. Et il était *ici* pour envahir mon terrain et ma vie.

Je n'avais pas d'autre choix que de gérer ça. Je ne pouvais l'abandonner et le laisser geler avec son bébé. Où était la mère ? Le siège passager était jonché de cartons.

— On se connaît ? demanda Jake en me regardant attentivement. Je ne suis pas rentré à la maison depuis une éternité. Désolé, mec. Ça ne me revient pas.

Cette déclaration n'aurait pas dû me tordre l'estomac. Je n'aurais pas dû m'en préoccuper. Bien sûr qu'il ne se souvenait pas. Pour Jake Gregson, je n'avais été personne. Je n'avais jamais existé pour lui et ce ne serait jamais le cas.

— Ne va pas te faire des nœuds au cerveau.

Je gardai une voix bourrue et calme, car il était hors de question que je lui fasse comprendre qu'il avait encore la capacité de me blesser.

— Cam. Walsh.

Il sursauta comme s'il s'était pris une claque avant de se figer complètement.

— C'est une plaisanterie ? Ce n'est pas marrant.

J'éclatai de rire.

— Eh bien, j'*étais* une plaisanterie pour toi. Mais non. Je suis Cam Walsh.

Jake releva le menton, ses yeux chocolat s'écarquillant et sa mâchoire se décrochant.

— *Cam* ? Mais tu étais minuscule.

Il agita la main de haut en bas pour désigner mon corps.

— Et maintenant tu es…

Il en resta bouche bée.

J'admettais volontiers que j'avais apprécié ce genre de réaction, lors de rares fois au fil des années où j'avais croisé quelqu'un du lycée. Comme je passais majoritairement mes journées avec Bonnie, Toby et mes yaks, ça n'était pas souvent arrivé.

Toutefois, je ne gonflai pas mon large torse et ne lui adressai pas un clin d'œil comme je l'avais fait avec Madison Massey, lorsqu'elle m'avait dragué à l'animalerie de Lethbridge sans me reconnaître comme le gamin que ses amis et elle avaient conspué.

Alors que je le dévisageais, Jake crachota et secoua la tête.

— Sérieusement ? *Cam* ?

La chose la plus étrange lors d'une journée déjà bizarre se produisit : son visage s'éclaira d'un sourire.

Il n'avait pas le droit.

Mais mon cœur stupide, très stupide, loupa tout de même un battement face aux dents étincelantes de Jake Gregson, aux fossettes sur ses joues et au plissement de ses yeux. Putain, comme j'avais pu chérir chacun de ses sourires, à l'époque.

Cela avait déjà été pathétique à l'époque. Et maintenant ? Ma réaction réchauffa ma peau tant j'étais enragé.

Son sourire s'évanouit alors qu'il fermait la bouche et déglutissait péniblement.

— Euh… Salut, mec.

Nous nous dévisageâmes en silence, la neige épaisse continuant de tomber. Toby bondissait à mes côtés et nous regardait tour à tour avec des geignements confus. Sur la banquette arrière, le bébé laissa échapper de petits pleurs qui deviendraient bientôt à nouveau des cris.

— Waouh, dit Jake, qui eut l'audace de rire. Tu as l'air si différent. Tu es immense !

Je haussai les épaules, tentant d'être nonchalant.

— J'ai grandi tardivement.

Jake avait été un grand mec musclé, à l'époque. Je n'arrivais pas à voir ses muscles, sous la parka, mais avec mon mètre quatre-vingt-dix, je faisais quelques centimètres de plus que lui. Cette victoire était mesquine, mais je la revendiquais.

— Prêt ? demandai-je froidement.

— Euh, je crois.

Jake sortit le bébé de son siège auto et examina Bonnie.

— Tu es certain que c'est sécurisé ?

Sans répondre, j'attrapai le sac marin et retournai vers Bonnie pour saisir ses rênes.

— Tu montes en premier.

— D'accord.

Jake jeta un coup d'œil autour de lui, comme s'il espérait que quelqu'un d'autre allait le sauver à la dernière minute. Néanmoins, il n'y avait que nous, sur des kilomètres, avec la neige et le ciel qui s'obscurcissait rapidement.

— Attends, je vais prendre le porte-bébé.

Il passa le bébé sur son autre hanche et chercha maladroitement sur la banquette arrière avec sa main libre.

— Tu peux la tenir une seconde ?

Je ne connaissais rien aux bébés, à moins qu'il s'agisse de vaches, de yaks, de chevaux et de chèvres. Je laissai tomber le sac plein à craquer et tendis la main, à contrecœur, vers le paquet gigotant. Un petit visage délicat m'observa avec de grands yeux marron sous les épaisses couches de laine et de capitonnage. Elle semblait incroyablement minuscule pour avoir autant de puissance dans les poumons.

Je m'étais un jour occupé de l'avorton de la portée de Madame Pinter, lui donnant à manger au biberon et lui tenant chaud quand il avait été abandonné. Les animaux étaient faciles. Là, c'était un humain, et les humains étaient sacrément compliqués.

— Voici Cora.

Jake la tenait toujours, même si je la portais fermement sous les aisselles dans sa combinaison de ski.

— Ouais, marmonnai-je, comme il attendait manifestement une réponse.

Il la tenait encore.

— Je l'ai, lui affirmai-je.

Fronçant les sourcils, Jake la lâcha suffisamment longtemps pour récupérer un genre de harnais avant de fermer les portières avec un bip électronique. La voiture paraissait si ancienne que je fus surpris qu'elle ne nécessite pas une véritable clé pour la verrouiller.

Alors qu'il attachait le harnais sur son torse, je tins le bébé maladroitement. Sous son bonnet et sa capuche, elle battait des cils en m'observant avec ses immenses yeux sérieux, ses cils épais semblables à ceux de son père. Je la balançai précautionneusement d'avant en arrière. Les bébés aimaient le mouvement, n'est-ce pas ?

S'il te plaît, ne te remets pas à pleurer.

Je soupirai de soulagement quand Jake la reprit et l'attacha en toute sécurité contre son torse, face à lui.

— Tout va bien, lui murmura-t-il. Nous allons monter sur le dos d'un dada ! Oui, oui.

Il me jeta un coup d'œil et abandonna son ton léger et chantonnant, tout en rougissant.

— Alors, comment nous…

Posant un genou à terre, je tendis mes mains gantées en guise d'étrier.

— Mets ta botte dans mes mains, lui ordonnai-je. Tu vas t'accrocher à la crinière de Bonnie juste devant le garrot.

Je levai les yeux et le vis en train de nous regarder tour à tour, Bonnie et moi, en fronçant nerveusement les sourcils.

Me levant impatiemment, je posai la main au bon endroit avant de remettre un genou à terre. Jake hésitait encore.

— Ou alors, tu peux te les geler ici.

Je me préparai à accuser son poids. Il fut maladroit, avec le bébé accroché à lui, mais Jake se plaça tout de même sur Bonnie, qui resta docilement immobile. Je lui passai le sac de sport et il le posa sur ses genoux.

— Penche-toi autant que possible vers l'avant, lui demandai-je avant de m'agripper moi-même à la crinière de Bonnie.

Je tendis la main vers Jake et sa cuisse, l'effleurant alors.

— Prépare-toi, il faut que je m'accroche à toi.

Je n'étais pas monté à cheval sans selle depuis une éternité. Lorsque j'étais un gamin maigrichon, bondir sur un cheval avait été beaucoup plus facile. J'hésitai, levai les yeux vers le ciel qui s'assombrissait, les flocons s'accrochant à ma barbe. Nous devions nous mettre en mouvement et je priai pour ne pas finir par terre, la tête la première.

Je pliai les genoux, sautillai et passai ma jambe par-dessus le dos de Bonnie, tenant sa crinière d'une main et m'agrippant à la hanche de Jake tout en me hissant derrière lui. Bonnie demeura calme.

— Gentille fille, lui murmurai-je en me penchant à côté de Jake pour caresser l'encolure de la jument.

Il n'y avait pas à tergiverser : Jake était coincé entre mes jambes, ma virilité plaquée contre ses fesses. Je devais passer un bras autour de lui pour tenir les rênes.

Je laissai pendre ma main gauche le long de mon flanc, autrement j'allais carrément l'étreindre par-derrière.

Bonnie souffla et je jurai de lui donner quelques friandises supplémentaires lorsque nous reviendrions au chalet. Toby regardait partout autour de lui, jouant dans la neige et passant un excellent moment, comme toujours. J'encourageai Bonnie à avancer et elle commença à monter la colline avant de redescendre là où les yaks paissaient.

Je redoublai d'efforts pour ne pas penser aux fesses de Jake Gregson.

Il était plus qu'étrange de l'avoir collé contre moi. Jake était assis, droit comme une barre d'acier et raide, une main serrant le sac sur ses genoux et l'autre autour du bébé accroché à son torse. Il sentait la sueur avec un léger soupçon de… rose ?

J'arrivais à peine à me concentrer, mon esprit tourbillonnant, mais Bonnie connaissait le chemin. Nous passâmes devant les yaks, qui grognaient et ignoraient Toby zigzaguant entre eux.

— Elles ont l'air bizarres, ces vaches.

— C'est parce qu'il s'agit de yaks. Ils ont une bosse. Des cornes. Des poils hirsutes.

— Oh. C'est vrai.

— Toby ! Laisse-les tranquilles ! lui intimai-je.

La neige picotait mon visage alors que le vent soufflait.

— Le bébé va bien ?

Jake tourna la tête, se cognant contre le bord de mon Stetson.

— Oui. Elle dort, curieusement. Elle est magique à sa façon.

Je gardai mon regard rivé sur l'horizon blanc. Son visage était trop proche du mien et je percevais l'amour dans sa voix. Cela me fit penser à une époque où les louanges de Jake – même un commentaire désinvolte soulignant qu'il appréciait mes bottes ou je ne sais quoi – me donnaient plus d'énergie qu'une Red Bull.

— Merci. Sérieusement, mec. Tu nous as sauvé la vie.

Il paraissait parfaitement sincère, mais il m'avait déjà berné par le passé. Je ne répondis rien.

Le souffle chaud de Jake effleura ma joue avant

qu'il détourne la tête. Il devait s'agir d'un rêve perturbant.

— Hmm, c'est loin ?

Il hocha la tête en direction des champs qui s'étendaient devant nous. Bonnie marchait à un bon rythme en direction du chalet. Elle voulait sans doute retourner dans la grange.

— Quelques bornes.

— Et si le cheval trébuche ? Si je tombe, je vais écraser Cora.

Sa voix fut subitement tendue par l'inquiétude.

Ma mâchoire se contracta après cette insulte envers Bonnie, ce qui n'était pas vraiment juste. Je ne pouvais lui en vouloir – le bébé était si minuscule et impuissant. Après un instant d'hésitation, je passai mon bras gauche autour de lui afin de tenir les rênes des deux mains, ce qui m'appuya complètement contre Jake.

— Je ne vous laisserai pas tomber, marmonnai-je.

Il se pencha contre moi, hésitant. Sa carrure était agréablement chaude contre moi alors que le vent s'accentuait.

— Merci.

Merde, cela faisait bien longtemps que je ne m'étais pas frotté contre un autre homme. Si même la proximité de Jake Gregson m'était agréable, j'avais sérieusement besoin d'une virée à Lethbridge pour boire quelques verres et trouver un mec disponible.

Je me rendis compte, en réfléchissant, que cela faisait plus d'un an. Probablement presque deux. J'aimais prendre mon pied comme n'importe qui, mais cela n'avait jamais été une priorité pour moi comme cela semblait l'être pour les autres.

Dès que le blizzard passerait, je prendrais la route de nuit et me trouverais un gars. Ce serait un cadeau de Noël pour moi-même. J'avais travaillé dur, je méritais une pause. Tout d'abord, je devais attendre la fin de la tempête et remmener Jake sur la route pour qu'il retourne là où était sa place.

J'ignorais totalement où il vivait – et je m'en moquais tant que c'était loin, très loin de moi.

Chapitre 2

— *JE NE vous laisserai pas tomber.*

Le cow-boy sexy appuyé contre moi était si fort et confiant que j'en étais rassuré. Le cheval sous mes fesses déjà endolories paraissait effectivement sûr de lui.

Le fait que le cow-boy en question soit *Cam Walsh* me stupéfiait et retournait mon putain de cerveau.

Je n'avais juré que dans ma tête, mais je baissai tout de même les yeux vers Cora, d'un air coupable, bien qu'elle ne puisse pas encore comprendre ces mots. Ou n'importe quel mot.

Prudemment, je relevai l'écharpe que j'avais lâchement enroulée autour de la capuche de sa combinaison de ski, observant son visage minuscule niché contre mon torse. Elle dormait encore, ses lèvres roses parfaites, en forme d'arc, entrouvertes.

Je détestais l'idée qu'elle soit dehors par ce temps. D'un côté, j'avais une peur bleue de l'étouffer si je l'habillais trop chaudement, mais si je ne la protégeais pas suffisamment et qu'elle finissait avec des engelures ? Sa peau était si lisse, douce et *nouvelle*. Je faisais probablement tout de travers.

Voilà une bêtise monumentale à ajouter à ma longue liste d'erreurs : tenter de prendre ce raccourci. Une décision d'une stupidité légendaire. Avais-je vécu à Toronto si longtemps que j'avais oublié à quel point les alentours de Lonely Creek[1] étaient isolés ?

C'était pourtant implicite dans le nom, bord… *bon sang*. Il n'y avait que des ranchs et des vaches aux alentours. Et apparemment des yaks. Sans parler des blizzards féroces qui pouvaient tuer les adultes et encore plus des bébés de six mois innocents.

Comment avais-je pu croire que je pouvais m'occuper d'un bébé ?

Comment avais-je pu penser que j'étais ne serait-ce qu'un minimum qualifié pour être parent ?

J'étais tout de même père, que je sois qualifié

---

[1] Le Ruisseau Solitaire.

ou non. Je devais faire semblant jusqu'à ce que ça fonctionne.

Ce qui arriverait d'un jour à l'autre, désormais.

Le cheval hennit et secoua la tête sous la neige qui tombait. Cam se pencha en avant, autour de moi, pour tapoter son encolure.

— On y est presque, murmura-t-il.

Avec la voix de Cam incroyablement grave si proche de mon oreille, je retins ma respiration. Je n'avais pas été appuyé si intimement contre un homme depuis des années. C'était même avant Anna. Et cet homme était *Cam*.

Je m'étais demandé au fil des ans ce qu'il était devenu. Évidemment. Je n'avais jamais retrouvé sa trace sur les réseaux sociaux et je n'avais pas eu le courage de demander à d'anciens amis ce qui lui était arrivé. S'il était retombé sur ses pieds après…

Mon estomac se retourna quand j'y songeai.

Eh bien, apparemment, il était retombé sur un cheval. Et j'étais pratiquement sur ses cuisses… pour que ce soit encore plus gênant de le revoir.

La neige recouvrait le terrain rocailleux. Elle s'accumulait rapidement, mais la jument se frayait tranquillement un chemin. Je ne voyais toujours aucun signe de civilisation, mais Cam avait mentionné un chalet. C'était un tel soulagement de ne plus être seul que je ne l'avais pas remis en question. Je souhaitais lui demander à quelle heure nous arriverions, mais je me mordis la langue.

Où était le chalet, exactement ? Quelqu'un d'autre vivait là ? Cam avait-il un... partenaire ? Les salopards à l'école le taquinaient et le traitaient de gay, mais l'était-il réellement ? J'avais tant de questions.

Heureusement, j'eus la bonne idée de garder la bouche fermée.

Pour la centième fois, je me maudis d'avoir pensé que c'était une bonne idée d'emprunter un raccourci. J'aurais dû m'en tenir à l'autoroute, même si je finissais par traîner au milieu du blizzard. Mais ces immenses camions passant à toute vitesse me terrifiaient et j'avais simplement voulu ramener Cora à la maison aussi vite que possible.

Bien que ce ne soit plus notre maison.

La neige tombait régulièrement et s'envolait avec le vent. Si Cam ne nous avait pas trouvés...

Je frissonnai violemment, serrant Cora encore plus fermement contre moi avant de grimacer et de m'assurer que je ne l'écrasais pas. Mon cœur tambourina tandis que j'observais son visage paisible et endormi.

— Quoi ?

Je sursautai après la question de Cam. Ou plutôt après sa demande autoritaire.

— J'ai froid, c'est tout, dis-je.

Il grogna. Selon moi, il devait se dire que j'aurais eu bien plus froid s'il ne nous avait pas trouvés. Je réprimai un autre frisson.

Je devais être plus intelligent. Je devais penser à Cora et ne pas prendre de risques inconsidérés. Ne pas prendre de décisions impulsives. Je pensais avoir appris cette leçon des années auparavant, surtout après ce que j'avais fait à Cam. Pourtant, voilà que je prenais encore de mauvaises décisions.

Et voilà que j'étais avec *Cam*. Je faillis gigoter pour le regarder une nouvelle fois sous son Stetson afin de m'assurer que je ne perdais pas la tête.

— Nous y sommes, annonça-t-il de cette voix grave si impressionnante.

Il avait été maigrichon, boutonneux et si *jeune* la dernière fois que je l'avais vu. Des larmes avaient brillé dans ses yeux bleus ce jour-là – sans parler de celles qui coulaient sur ses joues rouges.

Une nouvelle fois, j'eus envie de me tourner pour examiner son visage, mais je restai immobile. Attendez, où étions-nous exactement ? Je plissai les yeux pour voir au travers des flocons blancs.

— Je ne vois rien.

Suivant un aboiement du chien, je distinguai à peine une cabane en bois avec une grande hauteur sous plafond.

C'était sans doute mieux que de mourir de froid dans ma grosse voiture de pacotille. Je songeai à Marie et Joseph, qui n'avait pas trouvé de place à l'auberge. Y avait-il à Bethléem un blizzard semblable à celui d'Alberta ? Certainement pas…

Je devais me concentrer. Mes yeux me picotaient alors que je plissais les paupières en direction de la structure en bois sombre. Cam ne pouvait pas réellement vivre ici.

— C'est la grange, m'expliqua Cam comme s'il lisait dans mes pensées. Le chalet est sur la droite.

— Oh, cool.

Lorsque j'aperçus le chalet au travers des chutes de neige, je le trouvai horriblement petit. Hé, ce n'était pas une grange ! Marie et Joseph auraient été jaloux.

Je n'étais pas particulièrement religieux, mais je priai pour que le blizzard souffle et cesse, afin que je puisse reprendre la route aux premières heures de la matinée. Sauf que la voiture était morte et devrait être remorquée. En fonction de la quantité de neige qui tombait, la dépanneuse ne pourrait peut-être pas rejoindre Coyote Trail.

Mer… mercredi.

L'idée de demander à Oncle Steve de venir nous chercher m'envahit d'une terreur glaciale. Il nous rendait déjà un immense service. Et il ne semblait pas y avoir de route ici ? Cam avait dit que son pick-up se trouvait devant la grande maison. Ce n'était *certainement* pas là.

Devant le chalet, Cam sauta du cheval avec plus de grâce que je n'en imaginais pour un homme aussi grand. Je me crispai, maintenant que Cora et moi étions seuls sur le dos du cheval. Et s'il se ruait et nous envoyait valser ?

Mais Cam tenait les rênes et l'animal ne trahissait nullement le désir de nous entraîner à notre perte. Nous devions simplement descendre. Aucun problème.

Mais pourquoi le sol semblait-il si lointain ? Avec la neige, il était difficile de distinguer l'endroit où commençait le sol. Je n'avais pas eu l'impression que nous étions si hauts avec le corps solide et confiant de Cam derrière nous.

Sans un mot, il attrapa le sac de sport et le passa au-dessus de sa large épaule. Qui aurait pu croire que Cam deviendrait un véritable cow-boy ? Il avait aimé les chevaux et les sciences agricoles, mais quand j'avais imaginé où il en était désormais, je n'avais jamais pensé à un fermier taciturne comme dans les vieux films.

Je me rendis compte que je regardais fixement la neige coincée dans sa barbe noire, abasourdi qu'il puisse avoir des poils, quand il m'offrit une grande main. Il pinça les lèvres en une ligne fine.

— Accroche-toi et passe ta jambe gauche de mon côté.

Je m'exécutai et attrapai la main de Cam sous les couches de gants, en prenant soin de ne pas bousculer Cora ou de donner un coup dans la tête du cheval avec ma jambe.

— Et maintenant ? demandai-je comme j'étais assis en biais sur l'animal.

Marmonnant dans sa barbe, Cam m'attrapa au niveau de la taille avec ses deux mains et me fit tomber dans la neige, sur mes deux pieds, alors que je ravalais un halètement. Il recula rapidement, comme s'il adorerait s'essuyer les mains parce qu'il avait l'impression qu'ils étaient couverts de mer… de *crotte*.

Il avança vers le chalet et je le suivis, baissant la tête alors que le vent soufflait subitement avec force, la neige tourbillonnant autour de nous.

L'air à l'intérieur était frais, mais en comparaison à l'extérieur, le soulagement était incroyable. Chaque cellule de mon corps se détendit, même si mes fesses et mes cuisses étaient endolories par le trajet à cheval. Bon sang, cela faisait vraiment longtemps que je ne m'étais pas approché d'un cheval. Je n'avais pas non plus réalisé à quel point j'avais eu froid. Si nous étions encore coincés là-bas…

Ma peau me picota. Je pris une profonde inspiration, percevant une faible odeur de café et d'un parfum épicé dans l'air. De la cannelle ? Je songeai aux brioches à la cannelle de ma mère et inspirai pour faire passer le chagrin et la nostalgie mélancolique.

Je restai sur le tapis et baissai la capuche de Cora. Elle continuait de dormir et je ne la détachai donc pas de mon torse. J'avais une tonne de choses à apprendre sur la paternité, mais j'avais rapidement appris à laisser tranquilles les bébés endormis.

Cam avait enlevé la neige de son chapeau et de son manteau, puis retiré ses bottes avant de s'agenouiller près d'un poêle à bois en fer forgé contre le mur gauche. Des étincelles apparurent alors qu'il mettait une bûche à l'intérieur. J'observai le chalet, qu'un véritable agent immobilier qualifierait de *cosy* avec optimisme.

Devant le poêle et le petit foyer en pierres se trouvait une porte à travers laquelle j'apercevais une baignoire avec un simple rideau de douche blanc. Au-delà du poêle, le long du mur du fond, il y avait des placards marron et un évier encastré dans un plan de travail stratifié beige.

Le réfrigérateur, sur lequel était posé un micro-ondes, occupait le coin droit du fond de la pièce, et un lit double était collé contre le mur droit. Comment Cam pouvait-il tenir sur ce matelas ?

Le cadre en bois avait une simple tête de lit et une fenêtre cliquetait légèrement au-dessus. Une grande commode se tenait à la droite de la porte, jonchée de papiers froissés.

Le parquet était couvert de quelques tapis tressés et multicolores. Un fauteuil à bascule se trouvait au milieu de la pièce, face au poêle et à côté d'une petite table. Il n'y avait que ce fauteuil-là. Il était clair que Cam vivait seul.

Une simple photo encadrée des Rocheuses était suspendue près du feu et une autre, sur le mur à côté de la porte, montrait des yaks – j'avais désormais appris ce qu'ils étaient. Le fait que Cam passe de longues journées avec son troupeau et décore tout de même son chalet avec un cliché d'eux me touchait, curieusement.

Je pris une nouvelle inspiration profonde, l'odeur du bois brûlant me rappela le camping quand j'étais enfant. Bien sûr, le chalet était petit, mais il était effectivement *cosy*.

— C'est sympa, dis-je.

Portant toujours son chapeau de cow-boy et son long manteau de cuir, Cam se leva et me fusilla du regard. Il occupait quasiment la moitié de la pièce.

— Je construis une vraie maison. Le chalet convient, pour l'instant, même s'il n'est pas à la hauteur de tes exigences.

— Je n'étais pas sarcastique ! C'est véritable-ment sympa. Douillet. C'est bien mieux qu'une mangeoire, dis-je en tentant de plaisanter.

Il m'observa, impassible.

— Tu sais, Marie, Joseph et Jésus. Dans une mangeoire et tout ça ? Enfin, je ne compare pas Cora à Jésus. Mais… tu vois. C'est l'époque. Mais j'imagine que tu n'es pas du genre à décorer pour les fêtes ?

Il n'y avait pas une seule guirlande en vue.

— Non, répondit-il simplement.

Je m'éclaircis la voix.

— Je te suis vraiment reconnaissant de nous avoir aidés. Encore merci.

Cam grommela dans sa barbe, avant de jeter un coup d'œil hésitant à Cora contre ma poitrine.

— Est-ce qu'elle…

Il fit un geste de la main.

— A besoin de quelque chose ?

— Pas dans l'instant. Elle aura besoin de lait et d'une nouvelle couche bientôt.

Cam acquiesça.

— Tant que tu sais ce que tu fais.

Je faillis laisser échapper : *loin de là !*

— Je peux la mettre sur le lit ? demandai-je plutôt.

Fronçant les sourcils, Cam regarda autour de lui.

— J'imagine qu'il n'y a aucun autre endroit. Elle ne tombera pas ?

— Elle commence tout juste à rouler. Je la surveillerai.

Je réussis à retirer mes bottes sur le tapis sans me baisser, mais perdis ma chaussette gauche par la même occasion. Je sortis alors Cora du porte-bébé et lui enlevai toutes ses couches protectrices. Je retirai mon manteau et Cam le pendit à contre-cœur dans le placard derrière la porte.

Cora se réveilla et plissa le nez alors qu'elle se demandait si elle devait être furieuse ou enthousiaste. Assis au bord du lit de Cam, ce qui paraissait incroyablement intime et malsain, je la levai devant moi et l'embrassai tout en soufflant contre son ventre, sa grenouillère en coton douce contre mes lèvres et mon nez.

Je retins ma respiration un moment et... *là*. Cora roucoula et sourit. Les baisers bruyants sur le ventre étaient incontournables pour la faire sourire, ce qu'elle commençait tout juste à faire sincèrement. Cela faisait chantonner mon cœur chaque fois.

Une fois que j'eus placé Cora sur le lit, elle agita les jambes et les bras joyeusement, laissant échapper de petits bruits satisfaits que j'aurais pu écouter toute la journée. Je jouai au jeu de la fermeture éclair avec mon pull, la remontant, puis la baissant à différentes vitesses pour l'amuser.

Le sol était gelé sous mon pied nu, mais le feu réchauffait rapidement le chalet. J'embrassai les minuscules mains de Cora, puis son front. Je pris une profonde inspiration, cette douce odeur d'amidon dans la poudre pour bébé et ce parfum qui lui était propre m'ancrant dans la réalité. Elle était en sécurité et heureuse. Rien d'autre n'avait d'importance.

Le silence régnait tant que je sursautai en levant les yeux et en trouvant Cam, toujours penché devant le foyer avec son chapeau et son manteau, en train de m'observer et de froncer les sourcils. Il se retourna pour ouvrir le poêle et agiter les bûches avec un tison avant que je puisse dire quoi que ce soit.

Non pas que je sache quoi dire.

Cam Walsh ! Cet immense cow-boy était *Cam*. Je n'arrivais pas à me faire à l'idée. Que faisait-il, ici, tout seul ? Était-ce ce qu'il souhaitait ? Était-ce ma faute après ce qui s'était passé ?

Non, après ce que j'avais *fait*. Ça n'était pas simplement arrivé. J'avais fait ça. J'avais fait ce choix affreux, égoïste et dicté par la peur, sur un coup de tête.

Je m'éclaircis la voix.

— Cam, hm, puis-je simplement dire…

Pas un mot n'était approprié, mais je devais bien essayer.

— Tu as besoin d'appeler quelqu'un ?

Il hocha la tête en direction de l'antique téléphone fixe sur la commode entre des piles de livres. C'était un téléphone dont les boutons se trouvaient dans le combiné, un rectangle incurvé en plastique beige posé dans le socle.

Je ne voyais aucun objet moderne. Pas de télé. Sérieusement, Cam n'avait-il pas accès à Internet ? Même au milieu de nulle part, il aurait au moins pu avoir une connexion à bas débit !

— Pourrais-je appeler mon oncle ? lui demandai-je. Je ne veux pas qu'il s'inquiète.

C'était très peu probable, mais je devais tout de même lui faire savoir que nous étions coincés.

Cam haussa les épaules avant d'enfiler ses bottes, d'ouvrir la porte et de disparaître dans la neige. La porte claqua derrière lui, le courant d'air glacial se dissipant.

Après avoir vérifié le numéro sur mon portable, je récupérai le téléphone et gardai une main sur Cora. Waouh, je n'avais pas entendu une telle tonalité depuis mon enfance.

Je tapai le numéro et me préparai pour la réponse d'oncle Steve.

— Tu es arrivé ?

Bonjour à toi aussi.

— Presque. La voiture est tombée en panne. Quelqu'un est arrivé et nous sommes chez lui. Maintenant, nous attendons que la neige arrête de tomber.

Oncle Steve soupira.

— Tu n'es pas blessé ?

Je lui fus tristement reconnaissant d'avoir posé la question.

— Non, nous allons bien tous les deux. Mais nous devrons rester ici toute la nuit.

— Tu as regardé le journal, gamin ? Ils disent que ça pourrait être une immense tempête.

Je grognai.

— Mer... credi. Eh bien, au moins, nous sommes en sécurité et au chaud.

J'avais entassé tout le lait en poudre et les couches dans le sac, puisque c'était le plus important, ainsi que les grenouillères de Cora.

Moi, je pourrais bien remettre les mêmes vêtements.

— Tu pourrais passer plus d'une nuit avec cet inconnu.

Mon cœur s'enfonça dans ma poitrine. Quelques nuits avec Cam dans son chalet, avec un unique lit, à supposer qu'il ne nous mette pas à la porte. Je savais qu'il ne le ferait pas, malgré ses discours bourrus. Un silence embarrassant auprès de Cam était de loin préférable à l'autre option.

Je frissonnai à nouveau et perçus un goût acide dans ma bouche alors que je m'imaginais rester ici. Bientôt, la voiture serait couverte de neige, si j'en croyais les chutes abondantes. Je caressai le ventre de Cora, ayant besoin de la sentir gigoter chaudement sous ma main.

— Qui est venu te chercher ? demanda oncle Steve.

— Cam Walsh. Je le connaissais au lycée, à vrai dire.

— Walsh ? Ce gamin queer ?

— Non !

Enfin, je n'en savais rien, mais j'eus instinctivement envie de le défendre face à mon oncle Steve. Non pas que le fait d'être queer ait besoin d'être défendu, mais avec mon oncle…

Il grogna.

— Je croyais qu'il élevait des yaks dans un coin reculé du domaine de Pinter.

— Oh, c'est là que nous sommes ? Oui, j'imagine.

Hal Pinter était l'un des éleveurs de bœufs les plus prospères du sud de l'Alberta, ou du moins l'avait-il été quand j'avais quitté la ville. Il possédait de nombreux terrains autour de Lonely Creek. La « grande maison » à laquelle Cam avait fait référence devait également appartenir à Pinter.

— Comment es-tu arrivé là-bas ? s'enquit mon oncle Steve.

Grimaçant, j'admis mon erreur avec le Coyote Trail. Pendant que mon oncle râlait en disant que j'étais clairement parti dans l'est trop longtemps, je rapprochai Cora de moi, la faisant rire et donner des petits coups quand je chatouillai ses pieds couverts de coton.

— Tu sais que nous passons les fêtes avec la famille de Janet à Edmonton, me dit-il, alors tu devras trouver un moyen de remorquer toi-même la voiture. Nous avons pris la route ce matin, avant la tempête.

J'inspirai profondément. C'était logique. Comment pouvais-je leur en vouloir ? Il était tout de même blessant de savoir qu'ils n'avaient pas attendu pour me saluer et rencontrer Cora. Encore plus qu'ils ne nous aient pas invités, pour commencer, afin que nous puissions passer le premier Noël de Cora en famille.

— Bien sûr. Je ne veux pas perturber vos plans.

Je jurai que je l'entendis presque penser que j'avais déjà royalement perturbé ses plans pour ma maison.

Non. Ce n'était pas *ma* maison. Oncle Steve en était légitimement le propriétaire à part entière. Le fait que j'y ai grandi n'avait que peu d'importance. C'était une location, désormais.

— Je vais m'en occuper, dis-je pour répondre au silence. Je ne voulais pas que tu t'inquiètes.

— Ouais, d'accord, répliqua-t-il avant de soupirer. Carol va bien ?

— Cora. Elle va très bien. Merci. Je te rappelle plus tard.

Tandis que je reposais le téléphone sur son support, Cam entra dans le chalet d'un pas lourd, Toby sur ses talons. Je recourbai mes orteils nus sur le tapis et frissonnai dans le courant d'air froid. Impassible, Cam ferma la porte derrière lui d'un coup de pied. Il retira ensuite son chapeau et son manteau avant de les pendre sur le crochet près de la porte et de laisser ses bottes sur le tapis.

Cam savait-il que cette tempête devait être terrible ? J'avais envie de dire quelque chose, mais je craignais qu'il m'arrache la tête avec ses dents.

Portant un jean et une chemise à carreaux au-dessus d'un sous-pull thermique, il s'accroupit près du tapis pour chasser toute la neige de la fourrure de Toby. Celui-ci se tendait vers moi avec enthousiasme, mais resta immobile près de la porte jusqu'à ce que son maître lui tapote le derrière. Ses griffes cliquetèrent sur le parquet avant que le bruit soit étouffé par les tapis. Toby dérapa jusqu'à moi en agitant violemment la queue.

Toujours assis au bord du lit avec une main sur Cora, je le caressai. Il était brun, fauve et tacheté – peut-être avait-il du sang de Collie ? Difficile à dire. L'une de ses oreilles tombantes semblait avoir été sauvagement déchirée, car une grande partie en manquait.

— Salut, mon garçon, murmurai-je. Tu es gentil.

Dans ses épaisses chaussettes vertes, Cam traversa la cuisine et alluma une plaque électrique sur le plan de travail. Il posa ensuite une bouilloire dessus.

— Tu veux un café ? demanda-t-il à contre-cœur.

— Ce serait merveilleux. Merci.

Alors que je me rappelais une nouvelle fois que subir les silences gênants était bien mieux que de mourir de froid, Cam prépara du café avec un filtre en plastique, posé sur une tasse, puis sur une autre. Il rapprocha du lit la petite table d'appoint cabossée, celle qui se trouvait à côté du fauteuil à bascule, puis y posa lourdement une tasse.

— Tiens.

— Merci.

Le café noir était fort, mais je ne demandai pas

de crème ou de sucre comme je le ferais d'ordinaire. Reconnaissant, je bus ce que je pouvais obtenir, taquinant les pieds remuants de Cora et m'accordant une minute pour réfléchir.

Avec Toby à ses pieds, Cam s'assit dans le fauteuil à bascule, son dos crispé face à moi. Il aurait pu être une statue. Ses larges épaules ressemblaient à du granit et il ne se balançait nullement pour se détendre. Que faisait-il ici tout seul, sans même une télé ? Il *lisait* ? Apparemment.

La bûche dans le poêle craquela et crépita. J'aurais aimé que nous lancions une émission quelconque à la télévision pour mettre fin à la tension. Je ne voulais plus jamais regarder l'une de ces horribles chaînes d'information en continu.

Je n'arrivais pas à me remettre du fait que Cam soit si *immense*. Je faisais deux fois sa taille quand nous étions adolescents. Cam m'avait maintenant rattrapé et même dépassé.

— C'est fou, dis-je, comme j'avais besoin de combler le silence. Je n'aurais jamais cru que…

— Quoi ? s'enquit vivement Cam.

— Quand j'ai imaginé te revoir, ce n'était pas comme ça.

Je songeai à son visage rouge et tacheté en ce jour terrible et ouvris la bouche pour m'excuser, même si c'était trop peu et bien trop tard.

Cam ricana.

— Nous sommes d'accord sur ce point. Écoute, nous sommes coincés ici, ce soir. Nous n'avons pas besoin de rattraper le temps perdu ou de discuter.

Je devais le faire. Arracher le pansement d'un coup. Ma bouche était sèche et mon pouls tambourinait.

— Puis-je simplement dire… ?

— *Non*.

Il n'avait pas crié. Il avait prononcé ce mot entre ses dents serrées, comme s'il était coincé dans sa gorge. Nous savions tous les deux ce dont je voulais parler. J'avais beau avoir envie d'arranger les choses – ou du moins de lui dire que j'étais sincèrement désolé –, je respectais évidemment les souhaits de Cam. Je ravalai mes regrets, une action qui m'était familière après toutes ces années.

Le visage de Cora se froissa. Elle ferma ses yeux marron. C'était l'expression qu'elle avait lorsqu'elle déféquait. Bientôt, sa couche pleine la ferait pleurer. J'avalai vivement ce café fortifiant et me rappelai une nouvelle fois que :

A) Subir les silences gênants ou emplis de colère était plus agréable que de mourir de froid.

B) Ça ne durerait probablement que jusqu'au lendemain matin.

J'étais déterminé à penser de façon positive. De nos jours, les médias avaient toujours tendance à exagérer les tempêtes de neige. Tout devenait « la tempête du siècle » et finalement, tout allait bien.

Ce serait tout de même une longue nuit, put… *purée*.

Chapitre 3

CAM

L E BÉBÉ NE pleurait pas, mais elle faisait constamment du bruit. Elle gazouillait, couinait, grognait et émettait un bruit qui ressemblait grandement à un rire quand Jake jouait avec elle. Je n'avais pas imaginé que des bébés aussi minuscules riaient déjà.

J'aurais pu poser la question à Jake, mais je ne dis pas un mot. Assis bien droit, les pieds à plat sur le sol, je fixais la lueur orange à travers la vitre noircie par la cendre du poêle, tout en avalant goulument mon café. Toby allait et venait entre Jake et moi, sans trop savoir quoi penser de tout ça.

Bienvenue au club.

D'ordinaire, j'étendrais mes jambes et relèverais mes pieds sur le foyer en pierres. Toby piquerait un somme sous mes genoux. Mes chaussettes se réchaufferaient parfaitement et décongèleraient mes orteils pendant que je siroterais un chocolat chaud alcoolisé et lirais.

— Ce sont tes pieds ? Bien sûr que oui.

Le murmure de Jake derrière moi, depuis le lit, était doux. Mielleux, même. J'arrivais presque à croire qu'il tenait réellement au bébé.

Je ricanai. Évidemment qu'il tenait à elle. Elle était sa fille. Il n'était pas un psychopathe. Une merde égoïste, oui. Mais il était manifestement un bon père. Non pas que j'en sache quoi que ce soit.

Je jetai un coup d'œil par-dessus mon épaule. Jake était penché au-dessus du bébé et la chatouillait. Ses cheveux bruns étaient toujours bouclés et les douces vagues retombaient sur son front. Il avait perdu une chaussette dans sa botte. Je fronçai les sourcils en voyant ses orteils nus sur le tapis.

Le chalet possédait des radiateurs électriques le long des plinthes, que je laissais allumés seulement dans la salle de bain, puisque le poêle chauffait très bien la pièce principale. Le sol était tout de même froid au-delà du foyer.

La fenêtre cliqueta à cause d'une bourrasque. Elle avait besoin d'être réparée, mais ma nouvelle maison était quasiment prête. Le patron du chantier m'avait dit que j'aurais les clés à temps pour les fêtes, mais ils étaient déjà juste au niveau du planning, et cette tempête allait les mettre en retard.

Bien que l'endroit où je passe Noël n'ait aucune importance. Ce n'était qu'un jour comme un autre. Dans tous les cas, ma maison serait bientôt prête.

Dommage que les minutes me donnent actuellement l'impression de durer des heures. Et… mais c'était quoi cette odeur ?

— Euh, Cam ? Désolé de te déranger. Il faut que je change sa couche. Tu as un sac poubelle que je pourrais utiliser ?

Je me levai pour en attraper un sous l'évier de la cuisine alors que Jake emmenait le bébé dans la salle de bain. Elle avait recommencé à pleurer, son petit visage rougissant. La salle de bain était assez grande pour une baignoire avec un pommeau de douche, des toilettes et un lavabo.

J'ignorais ce qu'il me manquait, pourtant la salle de bain de ma nouvelle maison était assez grande pour y vivre. Madame Pinter avait insisté sur le fait que je le regretterais plus tard, le jour où je me marierais, et j'avais cédé, même si je savais que mes chances de passer devant l'autel étaient à peu près les mêmes que celles de Toby d'apprendre le français.

Jake retira son pull noir, révélant des bras musclés et les creux vulnérables de sa colonne vertébrale sous son T-shirt bleu marine alors qu'il se penchait pour poser Cora sur le sol carrelé, le pull la protégeant du froid. La plante du pied nu de Jake était rougie… par le froid ?

— Tiens, dis-je en attrapant une serviette propre. Mets-la dessus.

— Je pourrais la salir. J'ai d'autres affaires dans la voiture, mais ça ne tenait pas dans le sac.

Me glissant à côté de lui dans l'espace étroit, j'étendis la serviette.

— C'est plus épais que du coton.

— Merci.

Jake ne me regarda nullement alors qu'il retirait le vêtement du bébé, ouvrait la couche et…

Je reculai brusquement.

— Seigneur !

Il gloussa.

— Je sais. C'est incroyable qu'une personne aussi petite puisse créer… *ça*.

J'avais cru avoir tout vu en ce qui concernait la merde et les fluides corporels. J'avais plongé le bras entier dans des vaches et des yaks qui avaient des difficultés à mettre bas. Ça n'avait pas été joli. Mais la puanteur immonde et le carnage dans cette couche avaient vraiment de quoi assommer.

Repoussant un Toby curieux, je reculai alors que Jake renversait le contenu de la couche dans les toilettes. Le bébé gigota, ses cris inconstants, alors que son père lui levait ses deux petits pieds dans une main pour la laver avec une lingette.

Pendant tout ce temps, Jake lui parlait d'une voix chantante qui tranchait avec son timbre de baryton. Il lui racontait ce qu'il faisait. Il avait toujours eu une voix profonde qui me…

Non. Arrête de penser à ça.

Je le regardai alors qu'il lui mettait une couche propre.

— Elle a quel âge ?

Ma curiosité prit le dessus, même si je brisais mes propres règles qui m'intimaient de rester silencieux. Pourquoi étais-je encore penché au-dessus d'eux dans la salle de bain ?

— Six mois tout juste.

— Elle a l'air petite, dis-je sans pouvoir dissimuler la surprise dans ma voix.

— Oui. Elle est restée en réanimation néonatale neuf jours et son âge corrigé est de vingt et une semaines. Mais sa courbe de croissance est normale. Sa mère est petite, donc le médecin dit que tout va parfaitement bien.

Voilà une chance de lui poser des questions sur la mère, mais je ne dis rien. Ça ne me regardait pas et je n'avais aucune raison de m'en préoccuper. J'ignorais ce qu'il voulait dire par « âge corrigé », mais ça n'avait aucune importance.

— Les bébés grandissent et se développent à leur propre rythme, il n'y a pas de quoi s'inquiéter, m'expliqua Jake alors qu'il mettait une tenue propre au bébé.

Il parlait comme si, *justement*, il s'était inquiété. D'autres questions firent écho dans ma tête malgré moi – où était sa mère, pour commencer, mais je restai planté là alors que Jake roulait fermement la couche et l'enfermait dans un sachet de congélation avant de jeter le tout dans le sac-poubelle que je lui avais donné.

— Elle mange et élimine normalement, ajouta Jake. Elle pèse cinq kilos cinq cents, maintenant. Je commencerai à lui donner des aliments solides quand on arrivera à Lonely Creek.

L'anxiété imprégnait chacun de ses mots. Lors d'un instant ridicule, j'eus envie de tendre la main et de m'agripper à son épaule. Je me contentai de dire :

— D'accord.

Il rit légèrement.

— J'essaie de ne pas être obsédé par les percentiles et la comparaison aux autres bébés. Mais comme ces temps-ci mon fil d'actualité ne m'affiche que des mères influenceuses, c'est difficile.

Il me fallut un moment pour comprendre ce qu'il voulait dire par « fil d'actualité ». Je n'avais plus de comptes sur les réseaux sociaux depuis des années.

— Hmm.

— Tu as un seau ou quelque chose de ce genre ? demanda-t-il. J'ignore quel est le meilleur endroit pour les garder.

Bien que l'odeur fétide se soit dissipée, elle

était toujours présente.

— Dehors.

Je pris le sac et sacrifiai le seau de la serpillère coincé sous l'évier. Quand j'ouvris la porte d'entrée, une bourrasque manqua de me renverser. Toby aboya, comme s'il pouvait effrayer la tempête qui nous assaillait.

L'obscurité oppressante et une mini-tornade de neige me saluèrent. Je coinçai le seau contre le mur du chalet, à côté de la porte. Il faisait assez froid pour que la couche gèle avant qu'un animal ne l'atteigne. J'ignorais totalement de combien de couches un bébé avait besoin dans la journée, mais il semblait malin de garder le seau à portée de main.

Toby continua d'aboyer alors que je fermais la porte d'un coup d'épaule devant la quantité perturbante de neige qui tombait. Je me penchai pour le calmer.

— Merci de nous protéger de la météo.

Heureusement, le bébé était silencieux, et je retournai vers mon fauteuil à bascule avec mon livre, un thriller corné que j'avais acheté dans la boutique de seconde main en ville. L'eau coulait dans le lavabo de la salle de bain et Jake continuait de parler constamment au bébé.

Mes yeux dansèrent sur le même paragraphe au moins dix fois avant que j'abandonne et parte vers ma commode. Après avoir entassé mes chaussettes avec mes boxers, je posai une couverture en flanelle dans le tiroir vide et la repliai pour que ce soit davantage rembourré.

Jake émergea de la salle de bain en tenant le bébé désormais calme contre son torse mince et musclé.

— Tiens, dis-je en lui montrant le tiroir que j'avais toujours dans les mains. Ce n'est pas un vrai berceau, mais…

Je le posai sur le lit, comme la table de nuit ne me semblait pas sûre.

Jake sourit et, bon sang, je détestai les plis autour de ses yeux. Qu'il soit si beau n'était pas juste. Qu'il soit si doux et aimant avec sa fille – dont la grenouillère à imprimés de girafe était bêtement adorable – alors qu'il la posait dans le tiroir ne l'était pas non plus.

Jake Gregson était un enfoiré égoïste. Il n'était pas censé roucouler et fredonner affectueusement.

Non pas que je souhaite qu'il soit un père merdique. Pourquoi regardais-je Jake, d'abord ? Ravalant un soupir, je partis en direction du réfrigérateur et fouinai dans la section des surgelés.

— Tu as faim ? demandai-je vivement.

— Euh, ça va. Merci. Il faut que je nourrisse Cora, bientôt, répondit Jake en remontant la fermeture éclair de son pull. Je crois que j'ai une barre protéinée dans la poche de mon manteau.

La poignée de la porte d'entrée cliqueta et je

détournai les yeux de ma sélection de dîners surgelés. Jake était penché et observait la poignée. Son jean moulant était étiré sur ses fesses fermes, qui étaient encore plus belles que dans son uniforme de baseball à l'époque du lycée.

— Que fais-tu ? demandai-je en étant irrité contre moi-même, car j'avais regardé.

Près du feu, Toby sursauta. Quant à Jake, il se redressa et se retourna brusquement.

— Pardon ! J'essayais simplement de la fermer à clé. Je crois qu'elle est cassée. Je dis ça comme ça, ajouta-t-il d'une voix hésitante.

Il marchait sur des œufs et, pour être juste envers lui – ce que je n'étais probablement pas, admettons-le –, je ne pouvais lui en vouloir. Je ris, bien que ce soit d'un air moqueur.

— Fermer à clé ? Tu es resté à Toronto trop longtemps.

— Oh, dit-il alors que ses épais sourcils se rencontraient. Mais n'importe qui pourrait entrer sans problème.

Je ris sincèrement et Toby se réinstalla près du feu.

— Les yaks ne s'intéressent pas à nous, ne t'inquiète pas.

Le visage de Jake était toujours pincé. Son regard se riva sur le bébé qui dormait dans son berceau de fortune au milieu du lit. Ah. Malgré moi, je comprenais son inquiétude.

— Il n'y a vraiment personne par ici, expliquai-je. La grande maison est à vingt kilomètres et les voisins les plus proches sont à plus d'une heure sur la route, au-delà de la maison.

Jake acquiesça et s'assit avec précaution au bord du lit, jetant un coup d'œil à sa fille qui essayait d'enfoncer une main minuscule dans sa bouche. Il soupira longuement avant de se frotter le visage. Ses yeux étaient bouffis et rouges. Je me demandai quand il avait dormi pour la dernière fois.

Et pourquoi n'avait-il pas remis sa fichue chaussette ? Son pied devait geler.

Quand avait-il mangé un repas convenable pour la dernière fois ? S'il n'y avait que Jake, je m'en moquerais complètement. Mais il était apparemment le seul présent pour prendre soin du bébé.

— Du *butter chicken*, du poulet frit à la sauce sucrée, du bœuf avec des brocolis ou du poulet au curry rouge, lui énumérai-je.

— Tu n'es pas obligé de te donner cette peine. Sincèrement.

— Contente-toi d'en choisir un, grommelai-je.

— Euh…

Les secondes s'égrenèrent.

— Ce n'est pas une question de vie ou de mort, ajoutai-je.

— Désolé. Donne-moi celui que tu ne veux pas.

— Je les ai tous achetés parce que je les aime bien.

Pourquoi rendait-il la chose si difficile ?

— Euh, le curry rouge ? Si ça te convient ?

— Parfait, grommelai-je.

— Il faut que je réchauffe son biberon.

Toujours assis au bord de mon lit, avec mon épais duvet à carreaux se froissant sous ses fesses, Jake ne bougeait pas. Le sac de sport des Jay, dans lequel il avait fouillé pour trouver une couche, était fermé à ses pieds.

Bien que ses yeux soient ouverts, je crus une seconde qu'il s'était réellement endormi. Il était assis là, avec ces épaules voûtées, cette chaussette manquante et cet air impassible. Les chaussettes blanches qui lui restaient ne semblaient pas assez chaudes pour l'hiver d'Alberta. Il avait clairement passé trop de temps à l'est.

Je fermai la porte du congélateur et Jake sursauta. Il marmonna dans sa barbe tout en sortant une boîte de lait infantile et un biberon. Tandis que je réchauffais au micro-ondes le curry dans son emballage en plastique moulé, Jake hésita derrière moi près de l'évier.

— Puis-je utiliser un bol pour réchauffer son lait ?

Sans un mot, je fouillai à la recherche d'un petit saladier en plastique, au fond du placard, et le lui passai. Son pied nu posé sur l'autre, il ouvrit le robinet et remplit le bol avec ce que je supposais être de l'eau chaude, puis il versa le tout dans le biberon.

Je ne le supportais plus. J'allai attraper une paire de chaussettes en laine rouge, roulées en boule, dans le tiroir plein à craquer et les lui lançai.

— *Tiens.*

Les chaussettes heurtèrent Jake en plein torse et tombèrent sur le sol de la cuisine assurément froid. Il les saisit et m'observa d'un air hésitant.

Je soupirai. Bruyamment.

— Enfile-les.

— Merci.

Il retira sa chaussette de sport restante et la rangea dans le sac avant d'enfiler les miennes. Ses yeux se plissèrent et ses joues se creusèrent grâce à ce beau et large sourire qu'il avait toujours eu.

— C'est bien mieux.

Le micro-ondes bipa et je versai le riz et le curry dans une assiette avant de mélanger et de lui donner le tout avec une fourchette.

S'appuyant contre l'évier, il engloutit le tout en un temps record.

— Merci. J'en avais besoin.

J'eus l'impression qu'il allait lécher l'assiette.

— Je ne te prenais pas pour le genre de mec à manger dans de la porcelaine, me dit-il plutôt.

Ma colonne vertébrale se raidit.

—Ah bon ?

Je lui repris vivement l'assiette et la rinçai sous le robinet.

— La vaisselle, c'est ce que madame Pinter mettait au rebut.

Pourquoi étais-je en train de me justifier ?

— Je ne voulais pas… Ce n'est pas… dit Jake avant de baisser la tête. Je voulais simplement dire que c'est… rustique ici. Désolé. La blague était mauvaise.

Il versa du lait sur son poignet, comme ils le faisaient dans les films, avant de repartir sur mon lit pour nourrir le bébé.

Dans les bras de Jake, la petite téta avec enthousiasme et émit d'adorables petits bruits de succion alors qu'il lui souriait. Derrière eux, la fenêtre au-dessus du lit cliqueta à nouveau.

Je n'avais pas pris la peine d'accrocher des rideaux, comme il n'y avait pas de voisins. La fenêtre reflétait la tête de Jake et la porte de la salle de bain. Je distinguais la neige qui s'accumulait sur le rebord.

Je n'avais pas faim, mais je m'obligeai à manger le *butter chicken*, rien que pour avoir quelque chose à faire. Ce qui était ridicule, étant donné que c'était *mon* chalet qui avait été envahi. Le téléphone sonna pour me sauver temporairement du silence gênant.

— Cam !

La voix de monsieur Pinter tonitrua à l'autre

bout de la ligne.

— Bonjour, monsieur.

Au pied du lit, je plongeai ma main libre dans ma poche.

J'attendis qu'il commence à se plaindre d'un fournisseur ou qu'il me rappelle une nouvelle fois pourquoi la maison de vente aux enchères ne lui offrait pas une transaction juste. Ou comme il était actuellement en voyage, il ronchonnerait sans doute à propos de la nourriture dans l'avion. Il avait toujours dit que j'étais doué pour écouter quand il avait besoin d'une oreille attentive et je faisais de mon mieux. C'était le moins que je puisse faire pour lui.

— Ton cellier est bien rempli, fils ? me demanda plutôt monsieur Pinter, ce soir.

Cette question soudaine me fit cligner des yeux.

— Euh, oui.

J'étais passé à Costco, plus tôt dans la semaine. En plus de l'un des placards, mon « cellier » se trouvait sous mon lit. J'avais des conserves de haricots et de soupe, ainsi qu'une bonne quantité de denrées sèches avec du pain et des dîners à réchauffer au micro-ondes dans le congélateur.

— Bien, bien. Tu as appris la nouvelle ?

Je me figeai.

— Non.

— Je ne comprendrai jamais comment ces

idiots de météorologistes n'ont pas vu venir un tel truc.

— C'est le changement climatique, Hal, dit madame Pinter dans le fond sonore. Le monde ne tourne plus rond.

Je ne pus ignorer l'effroi qui se répandit dans mon ventre.

— Il faut que j'aille vérifier comment va le troupeau ou la grande maison ?

— Non, Hal Junior et sa progéniture y sont pour les fêtes. Ils gardent un œil ouvert, au cas où l'équipe aurait besoin d'un coup de main.

Je préférai ne pas dire que le jour où Hal Pinter Junior serait un tant soit peu utile, l'enfer serait pris dans les glaces.

— Si j'avais su qu'une telle tempête arrivait, je ne serais pas parti, grommela monsieur Pinter.

Son épouse émit un bruit désapprobateur.

— Nous ne manquerons pas les noces de diamant de ma sœur. Nous sommes déjà à la Barbade et nous restons là.

— Oui, ma chère, grommela monsieur Pinter.

— Je suis sûr que la tempête va passer, dis-je. Vous savez comment sont ces gens, à la télé. Tout est une urgence.

— Hmm. Mais je dois bien admettre que celle-ci semble différente. Désolé de ne pas avoir appelé plus tôt. Je sais que tu es déconnecté, là-bas.

— Aucun problème. Je suis à l'abri avec Toby.

Je jurais que je sentais les yeux de Jake dans mon dos. La chaleur remonta dans mon cou. Il était inutile de mentionner mes invités importuns. Les Pinter ne pouvaient rien faire à ce sujet.

J'évitais de croiser la route de Hal Junior, mais ça n'avait aucune importance. La grande maison aurait aussi bien pu être sur la lune, avec la tempête qui faisait rage.

— On pourrait avoir jusqu'à soixante-dix centimètres, dit monsieur Pinter. Ils vont probablement fermer l'autoroute dans la soirée.

Je ravalai un juron.

— C'est logique. La neige tombe en grande quantité.

— Ces conditions sous le blizzard pourraient durer plusieurs jours. Le courant va sûrement se couper, mais ton générateur te permettra de garder la lumière. T'ai-je déjà dit que j'avais fait une sacrée affaire ?

— Bien sûr que tu lui as déjà raconté ! lui cria madame Pinter. Nous avons tous entendu parler de ce générateur pendant des jours ! Reste bien au chaud, Cameron ! Joyeux Noël !

— Joyeux Noël, répondis-je en souriant alors que je l'imaginais arracher le portable de son mari et le chasser vers la plage.

Je raccrochai, mon sourire disparaissant tandis que la réalité s'installait. Avec autant de neige et le vent qui soufflait, la visibilité serait proche de zéro.

Jake Gregson n'irait nulle part. Certainement pas ce soir ni demain, sans un miracle de Noël.

Je me retournai et observai mon chalet minuscule.

Et son unique lit.

Chapitre 4

JAKE

LA NUIT ÉTAIT tombée si tôt que je n'arrivais pas à croire qu'il soit à peine vingt heures. Et, de plus, j'avais l'impression d'avoir enchaîné trois jours de bringue – ce que je n'avais pas fait depuis une décennie. Alors que je tenais Cora contre mon épaule pour l'encourager à roter, mes yeux étaient irrités et une faible migraine palpitait. La paternité ressemblait grandement à une gueule de bois.

Conduire pendant des jours n'avait pas aidé. Et voilà que j'étais là, douloureusement – *atrocement* – proche de notre destination. Nous étions à la fois si proches et si loin. Je tapotai le dos de Cora en faisant les cent pas dans le coin cuisine, les chaussettes chaudes de Cam à mes pieds.

Celui-ci s'était à nouveau installé dans son fauteuil à bascule, lisant un livre avec Toby à ses pieds. Ou du moins, il faisait semblant de lire pour éviter d'échanger des banalités avec moi. Il n'avait pas tourné beaucoup de pages.

— Est-ce qu'elle fait déjà ses nuits ? demanda Cam, comme pour prouver que j'avais tort.

Mon rire fut alors légèrement hystérique.

— J'aimerais bien. Mais elle s'améliore. Les premiers mois, elle mangeait, puis elle devait roter, ce qui pouvait prendre un moment. Maintenant, elle dort quelques heures et il est à nouveau l'heure de réchauffer son biberon pour qu'elle mange. Et rote, et fasse caca, et dorme, et mange, et rote, et fasse caca.

— Seigneur, commenta-t-il en nous observant avec les sourcils froncés. Ça m'a l'air épuisant.

— On peut dire ça, répondis-je en continuant de tapoter le dos de mon bébé. Elle dort sur de plus longues périodes, désormais. Ce sera merveilleux quand elle pourra dormir toute la nuit. Certains bébés en sont capables, à son âge, mais ça dépend.

— Et tu as conduit jusqu'ici ?

— Oui, le permis de Cora a été suspendu. C'est une dingue du volant.

Lors d'un instant incroyable, les lèvres de Cam se retroussèrent en réponse à ma plaisanterie faiblarde.

— Pourquoi n'as-tu pas pris l'avion ?

La question avait à peine été prononcée que Cam grimaçait déjà.

— Ce n'est rien, répondis-je spontanément.

Ce n'était effectivement rien. Après ce que j'avais fait subir à Cam, je ne m'attendais pas à ce qu'il ait beaucoup de compassion à mon égard.

— Je n'ai pas peur de prendre l'avion. Pas vraiment. Intellectuellement, je sais que c'est le moyen le plus sûr de voyager. Mais j'imagine que quand tes parents et trois cents autres personnes s'écrasent dans le Pacifique, ça t'oblige à réfléchir.

Je tentai de rire pour détendre l'atmosphère.

Cam me regardait avec… oui, de la compassion. Je lui en fus pathétiquement reconnaissant.

— Surtout avec le bébé, répondit-il.

Mon cœur loupa un battement. Je ne l'avais pas vraiment formulé avec des mots, pas même mentalement. Mais l'idée de faire monter Cora dans un avion, de l'emmener dans le ciel à des milliers de mètres au-dessus du sol m'avait été *insupportable*. Je passai une main dans ses cheveux fins et clairsemés.

— Oui, réussis-je à dire alors que j'étais étrangement secoué.

— Quoi ? demanda Cam d'un air méfiant.

— Rien.

Je bus ma seconde tasse de café, qui était tiède désormais et me rendrait encore plus fébrile. Je n'exprimai pas à voix haute qu'il était effrayant de se rendre compte de l'amour que je portais à Cora. C'était une force instinctive, primitive en moi à laquelle je n'étais toujours pas habitué.

— En plus, nous devions apporter toutes ses affaires, ajoutai-je. Et les miennes, autant que je pouvais en faire tenir.

L'accident d'avion s'était produit lors de ma seconde année d'université, quand j'avais à peine vingt ans. Il m'avait laissé avec la douleur sourde du chagrin et j'avais appris à m'y habituer. Cora avait adouci les angles, plus que je n'aurais pu l'imaginer. J'aurais fait n'importe quoi pour que mes parents la rencontrent.

Cora rota enfin. Tanguant délicatement, j'embrassai sa tête douce et parfaite avant de lui dire qu'elle était une gentille fille.

— Tiens, dit Cam en se levant. Assieds-toi et berce-la. Les bébés aiment ça, non ?

— Si, mais ça va.

— Assieds-toi. J'ai des choses à faire.

Il ouvrit le petit placard près de la porte d'entrée et fouilla à l'intérieur.

Toby se joignit à lui en remuant la queue.

Honnêtement, j'étais si fatigué que je retins à peine un gémissement quand je m'enfonçai dans le fauteuil. Le bois était presque lisse et je me détendis, heureux, avant d'étendre mes jambes. Le parquet était chaud, sous mes pieds.

Le vent soufflait dehors et je déglutis péniblement, tentant de me pardonner pour ce raccourci. J'avais commis de nombreuses erreurs, mais celle-ci aurait pu nous être fatale. Cora dépendait de moi pour tout, littéralement. Comment avais-je pu être aussi stupide ? Aussi…

— Pourquoi as-tu autant d'affaires avec toi ? demanda Cam, dont la voix étouffée me parvenait depuis le placard, qu'il était manifestement en train de ranger. Ça fait beaucoup, pour passer Noël avec ta famille.

— Je n'ai pas vraiment de famille. Je veux dire, oui, mon oncle nous laisse rester dans le sous-sol de…

Je dus m'arrêter et me corriger mentalement avant de finir ma phrase.

— … sa location, en ville. Je suis en télétravail, donc une fois que mon congé parental sera terminé, peu importera l'endroit où je me trouverai. Le loyer à Toronto est trop cher.

J'attendis qu'il me demande ce que je faisais dans la vie, mais il n'en fit rien.

— Je suis responsable de la réussite client dans une entreprise de logiciels. En résumé, c'est de l'assistance technique de luxe pour les gros clients. Je règle leurs problèmes pour qu'ils soient contents.

Cam répondit par un grognement.

— Si ton oncle t'offre un endroit où vivre gratuitement, c'est que vous êtes une famille, conclut-il enfin.

— Oh, ce n'est pas gratuit, mais au moins, il

ne me fait pas payer le même taux que sur Airbnb. Il n'y a quasiment plus de logements libres à Toronto, et l'appartement dans lequel je vivais n'était pas soumis au contrôle des loyers. Le propriétaire a triplé le prix et c'est invivable. Au moins, nous pouvons rester à Lonely Creek jusqu'à ce que je sache où aller. Mais nous ne sommes pas proches. Mon oncle et moi, je veux dire. Cora et moi sommes une contrainte pour sa femme et lui. Je leur en suis tout de même reconnaissant, ajoutai-je dans le silence.

Ma déclaration semblait aussi creuse que mes émotions.

Toby revint vers moi et, alors que Cora s'endormait sur mon torse, je grattai la tête du chien et me balançai. Cam fouillait toujours dans le placard. Mes paupières s'alourdirent…

— Pourquoi revenir ici ?

Je sursautai après la question de Cam. Il était à quatre pattes devant le placard, réarrangeant ses chaussures qui incluaient trois paires de bottes de cow-boy manifestement identiques à mes yeux. Le jean s'étirait sur ses fesses dodues et je m'émerveillai une nouvelle fois du fait qu'il s'agissait du minuscule Cam.

Bien que je me sois rendu compte lors de ma seconde année d'université que j'appréciais les corps masculins autant que les féminins – ou ceux de tout autre genre –, c'était un homme que je n'avais clairement pas le droit de reluquer. Il nous avait accueillis et c'était parfaitement inapproprié. En plus du fait qu'il me détestait.

Il semblait néanmoins indéniablement curieux, ce que je prenais pour un signe positif.

— J'imagine que ça paraît bizarre, hein ? Je devais déménager et je ne sais pas… Je cherchais des appartements dans tout le pays, mais je n'arrêtais pas de penser à la maison. Bien que ce ne soit pas réellement chez moi. Mes parents sont morts et, comme je l'ai dit, je ne suis pas proche de mon oncle et de sa famille. Mais je voulais revenir. Je crois que c'est à cause des montagnes.

J'éclatai de rire, trop vivement, pour me moquer du ridicule de ma déclaration. Cora geignit et battit des paupières. Je caressai sa tête avec mon nez.

— Chhut. Tout va bien.

Elle se réinstalla contre moi et je soupirai.

— C'est idiot, hein ? chuchotai-je à Cam.

— Non, répondit-il simplement après quelques instants de silence.

Le fauteuil crissa pendant que je me balançais lentement.

— L'air est si frais, ici, tu vois ? Je me suis dit que ce serait un bon endroit pour reprendre mes esprits. Si je nous emmène dans un endroit totalement nouveau, j'aurai besoin de faire des recherches. Le prix des loyers augmente partout.

L'inflation est incontrôlable. Maintenant que je suis responsable d'elle, les enjeux sont beaucoup plus élevés. Je n'ai pas envie de merder à nouveau. Pour l'instant… Il me semblait logique de l'emmener ici.

— Et sa mère ? demanda Cam, après un nouveau silence.

J'avais attendu cette question et je me préparai à une réaction emplie de jugements.

— Elle ne fait pas partie du tableau.

D'ordinaire, les gens posaient ensuite un tas de questions bien trop curieuses, qui me blessaient profondément – et y répondre était un enfer. Toutefois, Cam se contenta d'un « d'accord » et j'aurais pu l'embrasser.

Waouh.

D'où m'était venue cette idée ? J'étais vraiment privé de sommeil. Je n'embrasserais personne, encore moins Cam Walsh. Je ne me souvenais même pas de la dernière fois où je m'étais masturbé. J'étais beaucoup trop fatigué. Ma vie tournait autour des couches sales, des régurgitations et du lait infantile. Ce n'était pas franchement sexy.

La honte provoqua une vague de nausée. Cora était l'unique personne qui comptait. Je n'aurais pas dû penser à moi, pas même une seconde. J'étais hors de propos. La seule chose qui comptait était mon bébé. J'étais l'unique parent de Cora.

La rancœur rejoignit la culpabilité alors que je me demandais comment se portait Anna, désormais. Sortait-elle dîner ? Buvait-elle des cocktails avec ses amies pendant une *happy hour* ?

Cora, chaude et parfaite contre moi, laissa échapper l'un de ses grognements dignes d'un vieillard.

Tout le reste disparut.

Anna avait fait son choix, j'avais fait le mien. Cora était la meilleure chose qui me soit jamais arrivée et je n'avais pas besoin de l'aide d'Anna. Je n'avais besoin de l'aide de personne.

Enfin, mise à part celle de mon oncle. Mon employeur versait 80 % de mon salaire pendant mon congé parental, mais l'absence des 20 % restants se faisait bien sentir. J'avais acheté la Ford d'occasion, comme nous aurions besoin d'une voiture à Lonely Creek, et regardez où cela nous avait menés.

Je regardai Cam polir ses bottes, frottant le cuir avec un chiffon taché. La situation pourrait être bien pire.

Après quelques minutes à me balancer paisiblement, ma curiosité l'emporta.

— C'est quoi le truc avec les yaks ?

J'avais de nombreuses autres questions, mais je me disais que celle-ci était suffisamment neutre.

— Ils viennent de l'Himalaya, répondit-il avec les yeux rivés sur ses bottes pendant qu'il polissait assidûment le cuir.

Ce n'était pas vraiment ma question.

— D'accord. Les gens les mangent ?

— Oui. C'est une viande maigre et bio, juteuse et riche en oméga 3. Les demandes augmentent chaque année. Il est plus facile de s'en occuper que du bétail. Ils mangent moins et ils ont généralement des petits sans problème.

— Cool, dis-je en fermant les yeux. Ils sont difficiles à gérer ?

Réchauffé par Cora contre moi et le feu qui crépitait non loin, j'écoutai Cam parler de quelque chose à propos de… quelque chose…

Me réveillant avec une poussée d'adrénaline, je vérifiai immédiatement comment allait ma fille. Elle dormait profondément sur mon torse. Je clignai des yeux en observant les environs, à la recherche de menaces. Le feu craquait devant mes pieds, dans l'obscurité. La lumière au-dessus de ma tête était désormais éteinte et un éclat plus léger luisait derrière moi.

Je ne voyais pas Cam, mais je l'entendais respirer. Supposément sur le lit. Dormait-il ?

J'avais dormi si profondément et si subitement que je me souvenais à peine de m'être assoupi. J'ignorais quelle heure il était. Si je m'asseyais au bord du fauteuil ou que je me penchais pour jeter un coup d'œil derrière moi, je pourrais réveiller Cora.

J'éclaircis délicatement ma gorge sèche. J'aurais aimé penser à prendre ma gourde. C'était une erreur de débutant de m'installer avec elle et de ne pas avoir tout ce dont je pourrais avoir besoin à portée de mains. Et voilà que ma cheville me démangeait. Je repliai lentement ma jambe et me contorsionnai pour l'atteindre.

Derrière moi, Cam soupira.

— Tu as besoin de quelque chose ? demanda-t-il d'une petite voix.

— À vrai dire, un verre d'eau serait merveilleux.

Le lit grinça quand il se leva. Devant le poêle, Toby leva la tête avant de se rendormir immédiatement. Cam portait toujours sa chemise à carreaux et son jean. Je fus déçu de ne pas le voir en pyjama, ce qui était insensé. Pour ce que j'en savais, il pouvait dormir nu, ce qui…

Ce qui n'était pas le cheminement de pensée sur lequel je devais m'engager.

Cam me passa un verre d'eau fraîche et nos doigts s'effleurèrent avant qu'il le relâche. Sa peau était rêche, sans doute à cause de tout le travail manuel qu'il effectuait, et ses mains étaient immenses.

Une fois encore, je ne devais *pas* y penser.

— Merci, chuchotai-je avant de boire avec ravissement.

Je réalisai que c'était la première fois que

quelqu'un était présent pour m'aider depuis que Cora était sortie de l'hôpital. Le simple fait que Cam me donne un verre d'eau était monumental. Ma gorge se serra à cause d'une émotion soudaine.

Mer… *Mercredi*, je ne pouvais pas commencer à *pleurer*. Même si j'avais l'impression d'être un paquet de nerfs en lambeaux tenu lâchement par de la salive et du ruban adhésif, je devais me ressaisir.

— Quelle heure est-il ? demandai-je d'une voix trop rauque.

Se penchant au-dessus de nous, Cam regarda sa montre, robuste, dotée de nombreux petits boutons et probablement étanche.

— Vingt heures cinquante-trois.

Cela devait être un truc de fermier d'utiliser le format des vingt-quatre heures.

— Oh. J'ai eu l'impression de dormir un moment.

Je ne m'étais assoupi que vingt minutes, tout au plus.

— Désolé. Est-ce qu'on t'empêche de dormir ? Nous pouvons… euh, j'imagine que tu ne peux pas te débarrasser de nous.

Grognant, Cora se réveilla et s'étira. Je retins ma respiration. Nous étions au bord de ce précipice familier et je priai pour qu'elle se rendorme…

Pas cette fois.

Tandis qu'elle s'agitait, se tortillant et piaillant, je me levai, prêt à entamer une nouvelle fois le cycle. Un matelas fin avait été disposé dans l'espace entre le lit et la commode, avec une couverture et un oreiller. Toby se frotta contre ma jambe et, argh, ma cheville me grattait toujours.

— C'est pour nous ? Merci beaucoup, dis-je. Je vais bientôt la coucher, c'est promis.

— Je vais dormir dans le sac de couchage.

Tout en essayant d'apaiser Cora, je secouai la tête.

— Tu ne veux pas de moi dans ton lit.

La chaleur monta jusqu'à mon visage alors que Cam m'observait avec un air indéchiffrable.

— Je ne laisserai pas un bébé dormir sur le sol, bon sang.

— Tout ira bien pour nous, sincèrement ! Cora a son berceau de fortune. Sa mangeoire !

— Je dors par terre.

J'eus envie de le contredire une nouvelle fois, mais Cam semblait inflexible.

Une heure plus tard, mes paupières étaient lourdes et mes mains maladroites, alors que je m'agenouillais sur le lit et installais Cora dans le tiroir sur le matelas à côté du mur. Je lui murmurai à l'oreille alors qu'elle gigotait.

— Ça ne te dérange pas si je lance mon application de bruit blanc ? demandai-je à Cam. Ça l'aide à s'endormir.

— C'est bon.

Je me retournai et vis Cam dans l'embrasure de la porte de la salle de bain. Il avait enfilé un bas de pyjama en flanelle et un T-shirt blanc qui collait à ses muscles. Il portait toujours ses chaussettes vertes. Le pyjama tombait sur ses hanches. J'aperçus donc sa chair quand il leva un bras musclé pour éteindre la lumière de la salle de bain.

— Merci !

J'attrapai mon portable et appuyai sur l'application, enclenchant la vibration régulière et apaisante de l'option « air conditionné ». Je consultai mécaniquement mes messages et mes e-mails avant de me souvenir qu'il n'y avait ni réseau ni Wi-Fi.

Je réalisai que Cam était toujours là et m'observait.

— Hm, tu es sûr que ça va ? demandai-je.

— Hein ? Oui.

Il se tourna vers le feu avant de pivoter vers moi, d'un air agacé.

— Que portes-tu au lit ?

L'envie de lui dire que je dormais nu était sur le bout de ma langue, mais je la ravalai heureusement.

— Je peux dormir avec mes vêtements.

Grommelant dans sa barbe, Cam avança vers la commode contre le mur et sortit un paquet de tissus qu'il me jeta. J'arrivai tout juste à le rattraper.

Waouh, ma coordination œil-main n'avait jamais été aussi catastrophique. Mon ancien coach de baseball m'aurait laissé sur le banc sans y réfléchir une seconde. Admettons, je n'avais pas été autant privé de sommeil, à l'école.

— Merci, dis-je en déroulant la… grenouillère en flanelle douce ?

Je clignai des yeux.

— Est-ce… Rudolph ?

Cam soupira lourdement.

— Oui. Je suis presque sûr que Tornade, Danseur, Fringant et tous les autres – peu importe leur nom – sont là aussi. C'était un cadeau de madame Pinter.

— Furie.

Sa colonne vertébrale se raidit et il fronça les sourcils.

— Pardon ? demanda-t-il vivement.

— De quoi ?

Je l'observai en battant des cils, confus.

— Qu'as-tu dit à propos de madame Pinter ?

Un rire pétilla dans ma gorge.

— Non, le renne. Tornade, Danseur, Fringant, *Furie*. Il y a aussi Comète, Cupidon, Tonnerre et Éclair. Je suis sûr que madame Pinter est une femme adorable. Non pas que ce soit un tort d'être une furie.

Je laissai échapper un large bâillement.

Qu'étais-je en train de dire ?

— Merci, dis-je en levant le pyjama avant d'ouvrir ma braguette et de baisser mon jean.

Cam se retrouva subitement devant le feu. Il ouvrit violemment la porte et mit une autre bûche dans une nuée d'étincelles.

J'hésitai. Devrais-je me changer dans la salle de bain ? Était-ce étrange ? Cam prendrait-il cela pour une insulte ? Comme si j'avais peur d'être nu devant lui parce qu'il était gay ?

Était-il gay ? Honnêtement, je n'en étais pas sûr et…

À quoi pensais-je ? À me changer. Il fallait que je me change. Je marquai une pause.

— Ça ne te dérangerait pas que je prenne une douche ? Cora dort.

Cam ne répondit rien.

Ne m'avait-il pas entendu ? Merde… *Mercredi*, ne l'avais-je pas demandé à voix haute ? Mes paupières étaient si lourdes.

— Désolé. Si c'est bizarre, ça ne me dérange pas.

— Ce n'est pas bizarre, grommela Cam, tourné vers le feu qu'il ravivait toujours avec un tison. Vas-y. Prends une serviette dans le tiroir du bas.

— Merci, mec.

Sous le merveilleux jet d'eau chaude, je ne pus que rester immobile et m'en délecter. Pour une fois, je n'avais pas besoin de m'inquiéter à propos de Cora. Non pas que j'allais rester ici des heures, mais je pouvais profiter d'une minute de paix.

Une fois que ma minute fut écoulée, je me lavai rapidement, espérant que ça ne dérange pas Cam que je lui emprunte son shampoing Costco et son gel douche. Une éponge blanche était suspendue au pommeau de douche, mais évidemment, je ne l'utilisai pas.

Sortant de la douche, je frissonnai et attrapai la serviette supplémentaire. Le miroir de la salle de bain était couvert de buée, mais l'air me semblait toujours frais. Je me séchai et enfilai la grenouillère, remontant la fermeture éclair de ce tissu chaud. Elle était trop grande pour moi, mais elle était confortable et douce contre ma peau.

Attendez, aurais-je dû garder mes sous-vêtements ? Était-il étrange de ne rien mettre sous le pyjama de Cam ? Mes épaules se crispant, je soupesai ma décision. Je me disais que ça n'avait rien d'important et pourtant, à cet instant, j'avais l'impression que c'était conséquent.

Mes yeux me brûlaient et je jurai *de ne pas pleurer pour un pyjama*. Après une minute de respiration profonde, je ravalai mon anxiété.

Ce n'était rien. Cam laverait le pyjama une fois que Cora et moi serions partis et…

Sans prévenir, une vague de solitude s'écrasa sur moi. Alors que je me tenais dans la salle de bain de Cam, dans un pyjama de Noël emprunté, je n'eus plus envie de partir.

Je n'avais pas parlé à mes amis de lycée depuis des années, à l'exception de « j'aime » ou de commentaires occasionnels sur les réseaux sociaux. Mes amis de l'université et du travail, à Toronto, n'avaient pas encore d'enfants et je voyais rarement du monde, en dehors des visites de forme qu'on me rendait. Mes amis les plus proches, ces dernières années, appartenaient au cercle d'Anna et ils avaient donc disparu avec elle.

Ce n'était rien. J'avais Cora et je n'avais pas besoin de qui que ce soit d'autre.

Je sortis de la salle de bain et avançai jusqu'au lit sur la pointe des pieds. Dans son berceau de fortune, ma fille dormait à poings fermés. Je soupirai lentement.

La porte du poêle était ouverte – encore ? toujours ? – et Cam était accroupi devant pour mettre une autre bûche à l'intérieur. Il était la première personne avec qui je passais plus de quelques heures depuis la naissance de Cora, sans parler des infirmières du service de réanimation néonatale. Je le regardai attiser le feu. Il était si capable et si fort que ma solitude s'éloigna.

Elle fut rapidement suivie par la culpabilité à l'idée de me sentir seul alors que j'avais Cora. Cependant, elle ne pouvait parler. Il était agréable d'être avec un autre adulte. Bien que Cam n'ait pas beaucoup de conversation. Il savait tout de même formuler des mots et des phrases. Toby avança vers moi et me lécha la main, agitant joyeusement la queue alors que je le caressais.

— Éteins la lumière quand tu es prêt, dit Cam en hochant la tête vers la petite lampe de lecture accrochée au mur près de la tête de lit.

Un petit tiroir était placé sous la lampe.

— Oui ! répondis-je avec bien trop d'enthousiasme.

Me mettre sous la couverture de Cam tout en portant son pyjama de Noël me semblait incroyablement intime. Il s'installa sur le sac de couchage, à mes pieds, tandis que Toby se blottissait à côté de lui. Cam ouvrit sa grande main sur le flanc du chien pour le caresser lentement. J'arrachai mon regard à Cora, qui grognait dans son sommeil. J'embrassai l'une de ses mains parfaites avant d'éteindre la lampe.

Le feu éclairait juste assez la pièce pour que je ne me retrouve pas dans le noir complet. Le vent rugissait férocement et je priais pour que les cliquetis étranges de la fenêtre ne réveillent pas ma fille. Je me tournai sur le côté, écoutant ses gazouillis qui résonnaient plus fort que le ronronnement du bruit blanc. Avec un peu de chance, j'aurais quelques heures avant qu'elle se réveille...

Il faisait encore nuit quand je rouvris les yeux. Je tendis la main vers le berceau – et la panique explosa quand je me relevai brusquement. Je tombai du lit, tournai sur moi-même, pendant que mes yeux vaseux scrutaient les ombres inconnues. Je manquai de trébucher sur Toby, qui se mit instantanément en alerte et aboya une fois.

— Toby, chhut ! chuchota Cam d'une voix profonde et autoritaire depuis son fauteuil à bascule…

Où il berçait Cora dans ses bras immenses.

Chapitre 5

CAM

ALORS QUE JAKE pivotait et titubait, ses cheveux décoiffés par l'oreiller et son cerveau encore clairement à moitié endormi, je hochai la tête en direction de Toby, qui s'était une nouvelle fois enroulé sur le tapis.

— Bien.

Jake observa le chien en clignant des yeux, comme s'il ne le reconnaissait pas. À côté de la chaise, il se pencha au-dessus de moi et posa une paume sur la tête de son bébé tout en l'observant intensément.

La lumière provenant du poêle éclairait son visage si proche du mien et rendait ses longs cils lumineux. Un bruit blanc émanait toujours de son portable, sur le lit. Autrement, j'aurais pu entendre sa respiration soufflante. Était-ce ce qui me chatouillait la joue ?

C'est Jake Gregson. Arrête ça.

Plus vite il pouvait partir et disparaître pour reprendre sa vie et me laisser vivre la mienne, mieux ce serait. Mais la neige continuait de tomber et le vent fouettait toujours le chalet. Nous étions coincés ensemble. Il n'y avait donc aucune raison que je ne puisse tenir le bébé, comme elle s'était calmée. Ce n'était pas sa faute si son père était un salopard.

Bien qu'actuellement, alors qu'il portait mon pyjama de rennes et se frottait les yeux pour se réveiller, il ne ressemblait pas à un salopard. Il paraissait presque aussi vulnérable que la petite.

— Elle va bien, murmurai-je. Tu dormais comme un loir et je ne voulais pas la laisser s'agiter.

Jake s'agenouilla, observant toujours sa fille comme si elle était la personne la plus précieuse de l'univers – ce qu'elle était, à mon avis. Il posa une main sur l'accoudoir du fauteuil, ses côtes effleurant mon genou quand il se pencha pour rapprocher.

— Tu veux… ?

Je levai les bras, le bébé étant léger comme une plume.

— Non, non. Ne la dérange pas, murmura-t-il alors que ses yeux marron se focalisaient sur moi. À moins que tu veuilles que je la reprenne ? Je suis désolé. Tu aurais dû me réveiller.

Je baissai le bébé chaud et endormi, ses paupières tremblantes et ses minuscules lèvres roses s'ouvrant de temps à autre.

— J'étais déjà réveillé.

— Quelle heure est-il ?

Jake se frotta le visage et se redressa.

— Il est probablement cinq heures trente, maintenant.

Le bruit blanc s'interrompit et, dans le silence soudain, mon cœur tambourina trop bruyamment.

Jake s'assit à mes pieds et observa sa fille avec émerveillement.

— Waouh. Elle a fait sa nuit. Ou pas loin.

— J'imagine que vous en aviez tous les deux besoin.

— Je suis si fier de toi, Cora, dit-il en lui lançant un sourire radieux.

— Cora, répétai-je. Ça lui va bien.

Le sourire de Jake s'estompa, mais ne disparut pas complètement.

— C'était le nom de ma mère. Ça me semblait approprié.

J'ignorais quoi dire, je fermai donc mon clapet. Pourquoi lui parlais-je ? Il fallait que je lui redonne Cora et recommence à les ignorer autant que possible. Mais à point nommé, elle hoqueta et leva ses minuscules mains ridées avant de se taire.

Comment étais-je censé l'ignorer alors qu'elle était aussi mignonne ?

— Je n'arrive pas à croire que je ne me suis pas

réveillé, dit Jake en se frottant une nouvelle fois le visage, sa barbe griffant ses doigts. Si tu n'avais pas été là…

— Tu aurais fini par te réveiller.

J'avais attendu que Jake apaise le bébé quand elle avait commencé à geindre et à se plaindre, en regardant fixement le plafond. Les secondes avaient duré des heures. Cela n'aurait été qu'une question de temps avant qu'elle recommence à crier à pleins poumons et son père était profondément endormi. J'avais donc agi par automatisme.

Non pas que je me préoccupe de Jake.

Simplement, il avait été inutile de poireauter là comme une plante verte, en attendant que le bébé le tire du lit. Il m'avait semblé impossible qu'il ne gigote même pas quand je m'étais penché pour la récupérer dans le tiroir, mais il avait clairement eu besoin de sommeil après avoir conduit pendant des jours.

Il s'avérait que les bébés humains n'étaient pas si différents des chèvres tout juste nées. Je lui avais réchauffé un peu de lait infantile, comme je m'étais dit que cela la calmerait. Elle avait arrêté de pleurer presque immédiatement quand je l'avais pris dans mes bras et elle avait joyeusement tété son biberon contre moi alors que nous nous balancions.

Je l'avais fait roter, me préparant à une régurgitation que je n'avais vue que dans les films. Toutefois, elle avait uniquement laissé sortir de l'air avant de se calmer dans mes bras. Je n'avais pas hâte de changer une couche, je m'étais donc dit que tout irait bien pour elle… jusqu'à ce que ça ne soit plus le cas.

Cora était si incroyablement petite. J'avais craint de la casser, mais elle avait gazouillé d'un air satisfait. Elle recommençait alors, et je ne pus m'empêcher de sourire. Je jetai un coup d'œil à Jake et découvris que ses yeux étaient rivés sur moi plutôt que sur sa fille.

Il bondit, attrapant le biberon là où je l'avais laissé à côté du fauteuil. Il alla bientôt le laver dans l'évier, à la lumière du feu. Toby ronflait à nouveau – il s'endormait en un claquement de doigts. Mon fauteuil grinça alors que je me balançais lentement. Mon chien devrait bientôt sortir, mais il pouvait attendre le dernier moment.

Cora gargouillait et grognait.

— C'est normal ? demandai-je à Jake.

Il gloussa depuis l'évier, où il séchait mécaniquement le biberon avec le torchon, souvenir de Terre-Neuve, que madame Pinter m'avait rapporté l'année dernière.

— Oui. Les bébés font tant de bruits. Je l'ignorais. C'est le sommet de l'iceberg représentant les choses que j'ignorais à propos des bébés, me dit-il en ricanant.

— On dirait que tu en sais beaucoup, dis-je avant de me rappeler une fois encore que je n'étais pas censé parler à Jake.

— Il faut faire semblant jusqu'à ce que ça marche. Il n'y a que moi, alors je dois tout comprendre.

Je n'avais pas envie de poser de questions. Ça ne me regardait pas et, une fois encore, *je n'étais pas censé parler* à Jake. Je l'avais accueilli parce que Cora et lui seraient morts si je ne l'avais pas fait, et…

Je frissonnai et serrai un peu plus la petite contre moi. Si elle n'avait pas pleuré, je ne serais jamais allé enquêter du côté de Coyote Trail, et ils seraient toujours coincés dans la voiture sans chauffage. Ils seraient réellement morts ou proches de la mort à cette heure, et cette idée me donnait des aigreurs d'estomac. Je n'avais pas besoin d'apprécier Jake pour être ravi que sa fille et lui soient en sécurité.

Je traçai le lobe délicat de son oreille, ravi qu'elle ait eu autant de puissance dans les poumons. Et Dieu tout puissant, je devais savoir.

— Qu'est-il arrivé à la mère de Cora ?

L'éclat du feu projetait des ombres sur le visage impassible de Jake.

— Rien, répondit-il impassiblement en s'accrochant toujours au torchon. Elle n'est pas morte. Elle ne voulait pas de Cora. Ni de moi, en fait.

— Alors pourquoi a-t-elle eu un bébé ?

Jake ouvrit le robinet et lava une nouvelle fois le biberon, frottant le couvercle.

— C'était son choix. Je lui ai dit que je la soutiendrais, quoi qu'elle ait envie de faire. J'imagine que la culpabilité catholique est intervenue et elle a donc décidé de garder Cora. Elle s'était arrangée pour l'adoption – ou devrais-je dire que son petit ami l'a fait.

Je fronçai les sourcils. Cora gigota et je lui donnai mon auriculaire à sucer. Elle le fit, ses douces lèvres mouillées autour de mon doigt.

— Tu n'étais pas son petit ami ?

Jake rit sans humour.

— Si, à vrai dire. Pendant sept ans. Mais sans que je le sache, son patron et elle ont commencé à se fréquenter il y a quelques années. Il promettait de quitter sa femme… tous les clichés habituels. Mais il a vraiment fini par le faire et Anna m'a quitté. Je suis revenu de la salle de sport, un samedi matin, et elle était partie. Elle a dû vraiment se démener pour vider presque toutes ses affaires pendant que j'étais à la salle pour ma séance consacrée aux jambes.

Je ne répondis rien et attendis. Je tentai de ne pas imaginer à quel point cela avait dû être douloureux pour lui.

Vissant et dévissant le couvercle du biberon, Jake poursuivit.

— Elle a laissé un mot d'excuse, mais elle l'a

écrit à la va-vite. Je le sais, parce qu'elle n'a pas fait les petites boucles nettes habituelles sur les y et les j. Puis, quelques semaines plus tard, elle s'est pointée à notre… à l'appartement, les yeux rouges et enceinte. Il s'avère que son patron ne veut plus d'enfants. Et Anna n'en a jamais voulu non plus.

— Tu es sûr que pour Cora, tu es le…

Je ne pus résister à cette question.

— Oui, j'ai fait un test de paternité avant sa naissance. Anna a insisté. Bref, j'ai dit à Anna que c'était son choix, ce qui était le cas, évidemment. J'avais envisagé d'avoir des enfants, un jour, mais ce n'était pas le rêve de toute ma vie ou quoi que ce soit de ce genre. C'était une idée potentielle, là, à l'horizon. Ça ne me dérangeait pas qu'Anna n'ait pas envie d'être mère. Je me suis dit que les choses finiraient bien par s'arranger, d'une façon ou d'une autre, expliqua-t-il avant d'éclater de rire. J'imagine que j'avais raison à ce sujet.

Dans mes bras, Cora gargouilla, grogna et ouvrit les yeux. De toute évidence, Jake reconnut les bruits de son éveil, car il arriva subitement pour la prendre dans ses bras et lui murmurer un « bonjour ». Avec sa grenouillère ridicule imitant un renne, il la fit légèrement rebondir en faisant les cent pas devant le poêle.

Toby geignit, puis aboya légèrement. Je savais que cela signifiait qu'il était l'heure pour lui de se soulager. J'avais d'autres questions – je souhaitais surtout savoir pourquoi Jake avait gardé Cora plutôt que de poursuivre l'adoption –, mais la bourrasque glaciale quand j'ouvris la porte pour laisser sortir Toby brisa l'enchantement.

J'ordonnai à mon chien de rester dans les parages et il s'exécuta, revenant en courant vers la porte en un temps record. Il avait beau aimer la neige, Toby comprenait qu'il ne valait mieux pas sous-estimer cette tempête.

Je devais m'habiller et voir comment se portait Bonnie, dans la grange, mais je ne me souvenais pas d'avoir déjà vu de telles chutes de neige. C'était une véritable tempête. Je devrais donc au moins attendre que le soleil soit levé. J'appuyai sur les interrupteurs au mur tandis que Jake emmenait Cora dans la salle de bain.

À la lumière du feu, discuter avec Jake tout en tenant le bébé chaud et doux dans mes bras m'avait semblé approprié, d'une manière que je ne pouvais expliquer. Désormais, j'arrivais à me reconcentrer. Dès que la tempête passerait, j'accompagnerais Jake et Cora à Lonely Creek et je pourrais reprendre ma routine. Ce ne serait rien de plus qu'un petit point à l'horizon, que j'oublierais en un rien de temps.

LA TEMPÊTE N'AVAIT aucune intention de cesser de

sitôt.

Avec les vents violents qui provoquaient un véritable blizzard, ma visite à l'écurie pour aller voir Bonnie fut brève. Sur le chemin du retour, je ne vis plus rien d'autre que la neige et je dus m'arrêter un instant, le temps que le vent tourne. Il me fouetta le visage et je fermai mes yeux larmoyants pour me prémunir de toute brûlure.

Il était si facile de se perdre dans une telle tempête, sans aucun repère, que c'en était terrifiant. Je savais que le chalet était devant moi. D'ordinaire, je le voyais, clair comme de l'eau de roche. En allant vers la grange, j'avais distingué les angles en bois sombre du toit.

Désormais, quand je regardais derrière moi, je constatais que la grange avait disparu, comme si elle n'avait jamais existé. Heureusement, le vent changea de direction, juste assez pour que je repère l'ombre du chalet. Je courus, la silhouette familière et réconfortante devenant plus nette. J'avais beau avoir envie d'une véritable maison, mon chalet me manquerait quand il serait l'heure de déménager.

Les travaux sur la maison n'avanceraient plus avant la fin de la tempête, puis ce serait ensuite Noël et le Boxing Day. Elle serait sans doute terminée avant le Nouvel An, si j'avais de la chance.

Je pris du bois dans la caisse adossée au mur du chalet et retirai au moins trente centimètres de neige sur le dessus. À l'intérieur, je laissai les bûches sur le tapis avant de retirer mes bottes et mon manteau, puis d'empiler le bois coupé sur le casier en fer noir près du poêle. Un morceau irrégulier se prit dans la laine de mon pull et je tirai impatiemment dessus.

Retournant vers le tapis, j'enlevai vivement mes gants de travail et les plaçai dans leur corbeille, dans le placard. Dans un bruit sourd, deux des bûches que j'avais empilées tombèrent. Toby sursauta, aboyant et observant le feu d'un air suspicieux.

— Merci de nous protéger des objets inanimés, dis-je en l'ébouriffant avant de me pencher pour récupérer le bois… et de m'enfoncer une écharde dans la paume. Bordel.

Je grimaçai.

— Tu vas bien ? demanda Jake.

Il portait toujours le pyjama de renne. Il n'avait aucun droit d'avoir l'air si beau dans des vêtements si idiots.

La chaleur rougissant mes joues, j'évitai ostensiblement de le regarder, maintenant qu'il était assis dans le fauteuil à bascule.

— Ça va.

Sous les lumières vives des ampoules de la salle de bain, au-dessus du miroir, j'inspectai ma paume. J'avais fait du bon boulot et, bien sûr, l'écharde était dans ma main dominante. Attrapant la pince à épiler avec les doigts de ma main gauche, je tentai inutilement de saisir l'écharde tout en marmonnant dans ma barbe.

— Tu es sûr que ça va ? demanda Jake d'une voix hésitante depuis l'autre pièce.

— *Ça va*, répétai-je.

Non pas qu'être têtu allait me mener bien loin. Mes doigts me semblaient maladroits alors que j'essayai d'attraper l'extrémité excessivement minuscule de la grosse écharde. Je laissai tomber la pince à épiler dans le lavabo.

Dans le miroir, je vis Jake apparaître derrière moi au niveau de l'embrasure de la porte.

— Tu veux que je… ?

Soupirant, je lui donnai la pince à épiler et tendis ma paume. Jake la saisit de ses doigts chauds. Se concentrant, il baissa la tête et toucha délicatement la plaie. Son souffle chatouillait ma main et, dans le miroir, je voyais ses yeux, encadrés d'épais cils, se concentrer sérieusement. Il ne restait plus rien du lanceur vedette arrogant qu'il avait été au lycée.

Je faillis lui dire de l'arracher immédiatement.

— Ce n'est rien, grommelai-je plutôt.

— Ça commence à devenir rouge. Ça pourrait s'infecter, me murmura-t-il sans lever les yeux. Reste immobile.

Sa main chaude autour de la mienne, son souffle sur ma peau et le parfum de son shampoing – de *mon* shampoing – dans ses cheveux épais et ondulés m'étaient insupportables. Nous étions trop proches. J'aurais pu me pencher et frotter ma joue sur sa tête…

Fronçant les sourcils, Jake se redressa.

— Je te fais mal ?

Mon cœur tambourina et mon visage s'enflamma tandis que je détournais les yeux. Comment ses cils pouvaient-ils être si longs ? Et ces taches de rousseur sur le haut de ses joues étaient ridicules. *Et* il tenait toujours ma main dans la sienne si délicatement, comme si j'étais son bébé.

Pourquoi ne pas détester ce geste ?

Pourquoi étais-je toujours incapable de le détester ? Après toutes ces années, je l'avais laissé m'atteindre en moins de vingt-quatre heures.

Pathétique.

— Non, réussis-je à dire, bien que ce mot érafle ma gorge sèche.

Il fronçait toujours les sourcils en me regardant.

— Désolé. Mais il faut que ça sorte. Ne bouge pas.

Il baissa une nouvelle fois la tête.

Je n'arrivais pas à bouger un seul muscle, il n'avait donc pas besoin de s'inquiéter pour ça. J'étais figé sur place, comme l'un de mes yaks dont le sabot serait coincé entre deux rochers. Mon regard se riva sur le miroir alors que j'observais Jake.

Il se mordit la lèvre tout en poussant l'éclat de bois incrusté dans ma chair. Il tentait de libérer un autre millimètre avec la pince à épiler. Je regardai l'endroit où ses dents s'enfonçaient dans sa peau, sous sa lèvre inférieure, et je me demandai ce que je ressentirais en léchant cette lèvre.

— Je l'ai, chuchota Jake, provoquant la chair de poule sur mon bras. Tout doucement…

Lentement, très lentement, il libéra l'écharde, qui était étroite, mais longue. Je soupirai tandis que Jake levait la tête, son visage se creusant d'un sourire. La légère décoloration sur sa lèvre, où il s'était mordu, rougit. Il me tenait toujours la main et je ne pouvais que le dévisager sans bouger.

Le sourire de Jake disparut et sa pomme d'Adam remua alors qu'il déglutissait laborieusement. Il baissa les yeux vers ma bouche, puis remonta vers mes yeux alors que son propre regard était noir – ce qui n'avait aucun sens, car il était impossible que Jake Gregson envisage de m'embrasser. Il était hétéro.

De plus, je n'avais pas envie de l'embrasser ! Il n'avait pas le droit de revenir dans ma vie et d'être aussi *aimable*.

Aussi digne d'être *embrassé*.

Alors pourquoi ne pouvais-je arrêter de penser à sa bouche ?

Le geignement confus de Toby, depuis la porte d'entrée, nous fit sursauter, Jake et moi. Il laissa retomber ma main et tâtonna avec la pince à épiler, qui rebondit sur le plan de travail dans un cliquetis métallique.

— Et voilà ! Tu devrais désinfecter. Tu as un kit de premiers secours ? Je peux…

Mais il reculait.

— Je m'en occupe. Merci.

— Génial. C'est l'heure de l'éveil sur le ventre.

Je l'observai et clignai des yeux, mon cerveau tentant de comprendre ce qu'il voulait dire. Était-ce un genre d'insulte ? Je n'avais pas d'abdominaux durs comme du béton ni rien, mais…

— Pour Cora, ajouta-t-il. C'est un truc pour les bébés. Le temps d'éveil sur le ventre ? Il aide leur développement et…

Il secoua la tête.

— Aucune importance. Je vais le faire, c'est tout.

Il disparut dans la pièce principale.

J'accueillis tant bien que mal le picotement quand je désinfectai la minuscule plaie. Cette tempête devrait bientôt passer et ma vie pourrait revenir à la normale. Moi, Toby, Bonnie et mes yaks. J'aurais ma nouvelle maison, dans laquelle j'emménagerais d'un jour à l'autre, désormais, quand le ciel se dégagerait.

J'avais travaillé des années pour me la payer.

Quelle importance si elle était un peu trop grande juste pour Toby et moi ? Je n'avais besoin de personne d'autre. Et même si c'était le cas, ça ne serait pas Jake.

Chapitre 6

JAKE

Sur son ventre, au milieu du matelas, Cora donnait des coups de pied et s'appuyait sur ses mains, grognant et grimaçant.

— Il est joli, ce chien tête en haut ! dis-je à l'endroit où je m'étais agenouillé, à l'extrémité du lit.

Elle geignit, prête à se mettre à pleurer d'une seconde à l'autre. Elle n'était pas d'humeur pour son temps d'éveil sur le ventre et, franchement, je ne l'étais pas non plus.

— Hé, euh… tu as un miroir pour le rasage ? demandai-je à Cam.

Alors dans la cuisine – en train de réorganiser un tiroir ? –, il disparut silencieusement dans la salle de bain avant de revenir avec un miroir rond. Au-dessus d'un jean, qui moulait ses cuisses épaisses, il portait un pull à torsade couleur crème qui me fit penser à Chris Evans dans ce film dont je ne me souvenais plus du réalisateur.

— Merci.

Je souris en saisissant le miroir, mais l'expression amère de Cam ne vacilla nullement. Gardant une voix joyeuse, je glissai le miroir devant Cora.

— Regarde qui c'est !

Elle continua tout de même de geindre, car son reflet n'avait rien d'enchanteur aujourd'hui. Je soupirai.

— Allez, grommelai-je.

Cam était de retour dans la cuisine.

— Pourquoi tu fais ça si elle n'aime pas ?

— C'est important pour son développement. Si les bébés passent trop de temps sur le dos, ils peuvent avoir le syndrome de la tête plate. Ils doivent dormir sur le dos, donc nous essayons de les tourner sur le ventre autant que possible.

Nous. Je faillis ricaner. Je parlais comme les brochures sur la parentalité, qui n'arrêtaient pas de déclamer nous *ceci*, nous *cela*. Il n'y avait que moi et moi-même, car j'étais le seul à gérer.

Toby lécha mon visage et je ris en poussant son museau.

— Merci pour ton soutien.

Il agita la queue et me lécha la main. Une fois que Cora et moi serions installés, je devrais soupeser les dépenses et responsabilités supplémentaires contre le réconfort d'avoir un chien.

Je laissai Toby lécher le dos de ma main.

— Où l'as-tu eu ? demandai-je à Cam.

— C'est lui, qui m'a eu. Je travaillai avec le paddock sud du troupeau de madame Pinter. Toby s'est pointé et a effrayé les vaches. Il voulait seulement jouer. Hal Junior…

Cam se tut.

Il me tourna le dos tout en vidant un tiroir sur le plan de travail.

— Le fils de monsieur Pinter ? l'encourageai-je après une autre seconde de silence.

— Hm-hmm. Il était en ville. Il croyait que Toby était un coyote. Toby était rachitique, mais n'importe quel idiot aurait pu voir que c'était un chien.

— Hal Junior est un idiot spécial ?

Cam souffla et mon cœur se souleva quand je me rendis compte qu'il riait à contrecœur.

— Oui.

Je tournai le miroir d'un côté, puis de l'autre, pour tenter de garder Cora impliquée alors qu'elle donnait des coups de pied.

— Il n'avait pas envie d'être fermier ?

— C'est un *entrepreneur*.

Le dédain suinta de ce mot et je gloussai.

— Qui se voit encore comme un fermier ? Laisse-moi deviner : a-t-il déménagé à Calgary ?

Cam sembla surpris.

— Oui.

— Je ne suis pas resté à Toronto *si* longtemps. Je me souviens de ce type de mec.

Je caressai Toby d'une main et repoussai sa tête afin d'éviter davantage de baisers. Je décalai ensuite le miroir pour Cora.

— Je suis ravi que Toby t'ait trouvé.

— Moi aussi. Hal Junior allait lui tirer dessus.

Je sursautai.

— Mer… *credi*. Heureusement que tu étais là. Le pauvre Toby.

Je caressai sa tête et le laissai lécher mon oreille.

— Je parie que Hal s'est senti bête quand il s'est rendu compte que c'était un chien égaré.

— Il aurait été ravi de nous flinguer tous les deux.

— Waouh. C'est lugubre.

Cora poussa davantage avec ses mains. Je souris et l'encourageai. L'une des choses les plus étranges, quand on était parent, était d'avoir de sérieuses conversations ou de regarder d'horribles nouvelles au journal tout en faisant simultanément de grands visages heureux pour notre enfant.

— Il ne le ferait pas vraiment, dit Cam. Il est beaucoup de choses, mais il n'est pas méchant.

— Il est seulement mesquin et stupide ?

Je m'exclamai, pour jouer avec Cora, avant de grommeler.

— Pousse fort !

Cam grogna son approbation.

— Il n'avait pas envie de rester pour reprendre le ranch de son père ?

— Ce n'est pas son quotidien. Il héritera, avec sa sœur qui habite à Edmonton. Il a en tête beaucoup de plans extravagants, mais il n'aime pas se salir les mains.

Les miennes étaient encore bien pleines avec Toby et Cora. Je commençais à avoir mal aux genoux, mais je n'avais pas envie d'interrompre l'élan de ma fille maintenant qu'elle s'était concentrée sur le miroir. Je gigotai alors que le chien me léchait une nouvelle fois l'oreille.

— Comment ça t'affectera quand Hal Junior reprendra la ferme, un jour ? demandai-je.

Cam grogna une fois encore.

— Ce sera une vraie galère.

J'attendis qu'il en dise plus, puis insistai.

— Il pourrait vous virer, les yaks et toi ?

— J'ai acheté ce terrain dans les règles à monsieur Pinter. Je serai aussi propriétaire de la route qui mène à ma nouvelle maison. Monsieur Pinter s'en est assuré. Je dois encore rembourser la banque pendant des années, mais ça m'appartient.

— C'est merveilleux. Monsieur Pinter est manifestement quelqu'un de bien, dis-je avant de regarder Cora avec un visage surpris. Comment as-tu fini par travailler pour lui ?

Cam demeura silencieux si longtemps que je

n'étais pas certain qu'il m'ait entendu.

— Mon père était son contremaître. Quand il a fait sa crise cardiaque, monsieur Pinter l'a conduit lui-même à l'hôpital pendant que l'un des employés du ranch lui faisait un massage cardiaque à l'arrière. C'était inutile, mais ils ont essayé.

Cela me rappela vaguement quelque chose et je me maudis de ne pas m'en être souvenu.

— Je suis désolé. Il t'a donc donné un boulot ?

Un autre long silence résonna. Cam était telle une statue dans la cuisine, dos à moi. Le malaise remonta le long de ma colonne vertébrale.

Finalement, il me répondit impassiblement.

— C'était le seul à vouloir le faire. Quand j'ai été arrêté, l'Université d'Alberta a annulé mon admission.

Le choc me percuta comme un train lancé à pleine vitesse, et je me redressai d'un bond, porté par une montée d'adrénaline – rapidement suivie par l'horreur et la honte. J'aurais dû savoir tout cela, mais je m'étais enfui à Toronto avec ma bourse pour l'université intacte, puisque *je* n'avais pas été arrêté.

Je respirais péniblement et secouais la tête, comme si je pouvais démentir tout cela.

— Cam, je…

J'arrivais à peine à le regarder, bien qu'il me tourne toujours le dos. Je baissai ensuite les yeux et m'exclamai.

Là, dans une grenouillère de renne appartenant à Cam, alors que le regret m'envahissait tant que j'allais exploser, je vis Cora rouler sur le dos pour la toute première fois.

Tandis que Toby aboyait une unique fois, hésitant, je poussai un cri.

— Oh mon Dieu !

La joie s'imposa, et mes yeux me picotèrent sous l'effet du chaos émotionnel.

— Quoi ? demanda Cam, qui arriva en deux foulées et baissa des yeux inquiets en direction de Cora.

— Elle a roulé. Elle a roulé !

Je lui avais attrapé le bras sans y réfléchir, saisissant ses muscles chauds et solides sous la laine. C'était un tel plaisir d'avoir quelqu'un avec qui partager ce moment. J'avais envie de passer les bras autour de lui et de hurler, mais je me retins.

Mes yeux me brûlèrent alors que je prenais Cora dans mes bras.

— Je suis si fier de toi, chérie.

J'embrassai ses douces joues.

— Elle l'a fait toute seule ! J'espérais qu'elle le ferait bientôt, mais on ne sait jamais quand, bafouillai-je pour Cam avant de reposer ma fille sur le lit, sur son ventre.

Il baissa les yeux vers elle et un soupçon de sourire adoucit son expression.

Je m'accroupis.

— Tu peux recommencer, Cora ? Allez, montre à Cam.

C'était sans doute ridicule, mais j'avais tant envie qu'il la voie rouler. J'oubliai presque qui il était et où nous étions, mais alors que nous regardions Cora donner des coups de pied sur le ventre et que Cam se tenait maladroitement là, je m'en souvins.

Je m'efforçai de rire.

— Enfin, ce n'est pas un chien. Désolé. Je suis sûr que tu as des choses plus importantes à faire.

Toby tenta une nouvelle fois de me lécher le visage et Cam retourna dans la cuisine, intimant à son chien de le suivre. Il saisit un sachet de friandises canines, obligeant Toby à s'asseoir avant de lui en donner une.

— C'est bien qu'elle ait roulé, déclara Cam d'une voix rauque en se tenant près de l'évier.

— Oui.

Mon visage me brûlait. Il pensait sans doute que j'étais ridicule.

— Merci. C'est le cadeau de Noël parfait. J'ai eu envie d'acheter un sapin et de le décorer pour elle. D'emballer des cadeaux qu'elle ne peut pas encore déballer, pour l'instant. C'est stupide, je sais. Elle est trop jeune. Mais c'est tout de même son premier Noël.

— Ce n'est pas stupide.

— Merci.

J'avais envie d'en dire tellement plus – j'en avais *besoin* –, mais l'atmosphère semblait lourde. Et avant que je m'en rende compte, Cora faisait sa grimace de défécation.

La journée s'écoula. L'électricité fut coupée, mais Cam avait un générateur. La ligne téléphonique était également inutilisable, nous étions donc véritablement coupés du monde. Non pas qu'oncle Steve compte m'appeler pour prendre des nouvelles de Cora et moi.

Je dormis en même temps que ma fille, blotti sur le lit de Cam. Je jurais sentir ses yeux sur moi, mais c'était sûrement la faute de mon imagination hyperactive. À part quelques mots échangés avec Toby de temps à autre, Cam et moi étions retombés dans un silence tendu.

Ou du moins, le silence régna jusqu'à ce que Cora commence à pleurer.

— Je suis désolé, répétai-je en la faisant rebondir dans mes bras et en lui caressant le dos.

Ses gémissements ne s'estompèrent nullement et je tentai désespérément de lui faire boire son biberon. Cela faisait plus d'une heure qu'elle pleurait et le chalet était si petit, le feu dans le poêle si chaud… Je tirai sur le col de ma grenouillère.

Assis dans son fauteuil à bascule, portant toujours le pull sexy au-dessus de son jean, Cam marmonna.

— Les enfants pleurent. Ce n'est rien.

— Oui, mais il y a généralement une raison.

J'encourageai ma fille à boire, mais elle agita les bras. Son visage devint rouge alors qu'elle criait.

— D'accord, tu n'as pas faim, grommelai-je.

Je vérifiai une nouvelle fois sa couche. Sèche.

— Allez, dis-je alors que j'étais sur le point de geindre. *S'il te plaît.* Qu'est-ce qui ne va pas, ma puce ?

Elle allait bien, plus tôt dans la journée. Elle avait *roulé* ! Cette victoire semblait à des années-lumière. Les cris stridents de Cora ne firent que s'intensifier, ce qui me fit grimacer.

Je faisais les cent pas dans la minuscule cuisine alors que Toby aboyait. Une migraine commençait à palpiter derrière mes yeux. J'aurais tout donné pour revenir au silence gênant qui s'était propagé entre Cam et moi, toute la journée. J'accepterais *n'importe quel* silence.

Le livre de Cam était toujours ouvert, mais il était impossible qu'il puisse se concentrer pour lire. Le soleil redescendait dans le ciel en cette fin d'après-midi, et le blanc derrière la fenêtre s'assombrissait.

— Toby !

Cam claqua des doigts et le chien arrêta d'aboyer, bien qu'il nous observe toujours d'un air hésitant, Cora et moi.

— Je suis désolé, répétai-je.

Cam secoua la tête.

— Les chiens aboient. Les bébés pleurent. Tout comme nous parlons.

— Eh bien, elle parle beaucoup plus que toi, dis-je sans y réfléchir.

Sa mâchoire se crispa.

— Que veux-tu que je dise ?

Je me frottai le visage.

— Je n'en sais rien. Ce que tu veux. Ou pas, dans ton cas. J'imagine que tu n'as jamais été très loquace. Sauf quand on parlait de cartes de baseball.

Je jetai un coup d'œil autour de moi, à la recherche d'une distraction.

— Tu les collectionnes encore ?

— Non, répondit-il d'une voix sèche.

Son ton me faisait penser qu'il y avait un rapport avec moi. Tandis que Cora geignait, mon cœur se serra sous l'effet de la culpabilité. Il avait adoré le baseball et les cartes en rapport avec ce sport. Bien sûr, j'avais été le lanceur vedette de l'équipe de notre école, mais ce n'était que la petite ville d'Alberta. Je n'avais jamais été taillé pour les ligues professionnelles – ou même les ligues mineures. Avais-je gâché ce sport pour lui ?

Les yeux plissés, le visage rouge, Cora donnait des coups de pied et hurlait.

— Chut, chut. Tout va bien.

Je fis les cent pas entre le frigo et l'évier, puis

trébuchai subitement sur Toby. Mon cœur s'emballa alors que je m'exclamais et me stabilisais, serrant mon bébé plus fermement. Agitant la queue, le chien tourna autour de nous.

— Toby !

Cam bondit, le fauteuil à bascule se balançant violemment d'avant en arrière dans son sillage.

— Ça suffit, lui dit-il en l'emmenant dans la salle de bain avant de fermer la porte.

Il ne la claqua pas, mais l'atmosphère semblait tout de même chargée.

— Tout va bien, dis-je en posant Cora dans le tiroir posé sur le lit.

Je m'assis à côté d'elle, sur le matelas, et mis une main sur son ventre.

— Tu veux dormir ? Voilà pour toi.

J'avais envie de la supplier, de lui dire : *pour l'amour de Dieu, rendors-toi* !

Elle battit des pieds en hurlant.

Alors que je fouillais dans le sac, tentant vainement de ne pas paniquer, Cam se rapprocha du poêle, les mains sur les hanches.

— Elle le fait souvent ? me demanda-t-il.

Mon cœur tambourina.

— Pas comme ça.

Je tâtonnai au fond du sac de sport.

— Il est dans la voiture, grommelai-je. Tu as un thermomètre ?

Ce ne serait pas le genre de thermomètre qu'on

plaçait dans l'oreille, comme celui que je possédais, mais n'importe lequel ferait l'affaire.

— Elle est malade ?

Il se rapprocha en fronçant les sourcils.

— Je n'en sais rien !

Je n'avais pas voulu crier. Je déglutis péniblement et posai une main sur le front de ma fille. Toby aboyait dans la salle de bain et Cora hurlait. J'eus envie de m'enfoncer les doigts dans les oreilles.

— Tu as l'impression qu'elle est chaude ? demandai-je.

C'était stupide, comme c'était moi qui lui touchais le front. Son visage était tout rouge, mais était-ce la fièvre ou le fait qu'elle s'était énervée pour une raison qui m'échappait totalement ?

Pourquoi ne veux-tu pas arrêter de pleurer !?

J'eus envie de le crier, de le hurler, de le brailler jusqu'au ciel.

— Elle est si mignonne, d'habitude, affirmai-je d'une voix rauque.

Mes oreilles sifflaient, les cris aigus de Cora vibrant dans l'air lourd.

Le regard de Cam sur moi me semblait étouffant. Il ne disait rien, mais il était évident qu'il me jugeait. Qui ne le ferait pas ? Pourquoi ne pouvais-je faire cesser les pleurs de ma fille ?

Je n'arrivais plus à respirer. Pourquoi faisait-il si chaud ? Je tirai sur le col de ma grenouillère et me levai. Les hurlements de Cora résonnaient dans ma tête et je n'avais plus la place de réfléchir ou de respirer. Je ne pouvais la laisser – et je n'en avais pas envie –, mais je n'y arrivais pas.

Anna avait raison.

Oncle Steve avait raison.

À quoi pensais-je ? Je ne savais pas m'occuper d'un bébé. J'étais inutile ! Elle était en colère et je ne pouvais arranger ça.

Je ne peux pas le faire.

Je ne peux pas le faire !

Cam s'agrippa à mes épaules et cette pression me parut étrangement réconfortante. Il disait quelque chose que je n'arrivais pas à distinguer entre les cris de Cora et le bourdonnement dans mon cerveau.

Je me retrouvai ensuite assis au bord du lit avec Cam penché au-dessus de moi, ses mains toujours sur mes épaules. Il reprit la parole et je lus sur ses lèvres.

— *Respire.*

Je frissonnai et mes poumons se gonflèrent. La vibration s'estompa. Cam hocha la tête et je repris une inspiration. Cora eut un hoquet et je la pris dans mes bras.

— Tout va bien, marmonnai-je. Je suis là.

Délicatement, Cam appuya le dos de sa grande main sur le front du bébé.

— Je crois qu'elle a seulement chaud parce

qu'elle est agacée.

Mon cœur tambourinait toujours contre mes côtes, mais j'arrivais à nouveau à respirer alors que les cris de ma petite s'estompaient. Je m'assis avec elle sur mes genoux, sur le lit de Cam, et je bus le verre d'eau fraîche qu'il avait placé dans ma main. Serrant Cora dans mes bras, j'inspirai son doux parfum de poudre alors qu'elle se calmait enfin – *enfin*.

— Tu sais le faire, dit Cam.

Je battis des paupières en le regardant.

— Quoi ?

Il agita une main.

— Avant, tu as dit que tu ne pouvais pas le faire. Tu le peux.

Apparemment, j'avais laissé échapper à voix haute mon angoisse existentielle de parent. *Mer… credi.*

— Je suis désolé pour tout… Tout ça.

Je n'avais pas fait de crise de nerfs depuis la première semaine suivant la sortie de Cora de l'hôpital. J'avais cru que celle-ci serait la seule.

— Tu n'as pas à t'excuser.

Les mots de Cam restèrent en suspens entre nous et il pinça les lèvres avant de pivoter subitement vers le feu.

La tension gênante réapparut en un instant. C'était comme si nous exécutions une danse étrange. Deux inconnus – qui ne l'étaient pas vraiment –, coincés dans une pièce avec un bébé, un chien et un bagage émotionnel s'élevant plus haut que les montagnes Rocheuses.

Après avoir niché Cora sous la couverture, dans le tiroir, et gardé ma main sur elle pour l'apaiser alors que ses yeux se fermaient, je chuchotai.

— Il faut vraiment que je m'excuse.

Cam s'assit brusquement dans son fauteuil à bascule, mais ne me regarda pas.

— Ça ne changera rien.

— C'est vrai.

Je voulais plus d'eau, mais Cora gigotait encore sous ma main ouverte. Si je bougeais, elle pouvait se réveiller et recommencer à pleurer.

— Mais…

Au fil des années, j'avais imaginé ce que je dirais si je me retrouvais face à Cam. Enfin, il me tournait le dos dans son fauteuil, mais cela devrait faire l'affaire.

— Ce jour-là, je…

— *Arrête.*

Cam se leva, face à moi, le feu brûlant derrière lui dans le poêle. L'obscurité s'était complètement imposée pendant que Cora et moi avions fait notre crise de nerfs.

— Je t'ai dit que je ne voulais rien entendre. L'unique raison pour laquelle tu souhaites t'excuser, c'est pour te sentir mieux.

Le visage de Cam était dissimulé dans l'ombre,

mais je percevais tout de même sa mâchoire contractée dans chacun de ses mots.

Grimaçant, j'ouvris la bouche, mais les protestations s'éteignirent sur ma langue.

— Tu as raison.

— Que veux-tu de moi ?

— Rien. Je veux dire… Non, ce n'est pas vrai. Je veux m'excuser. Donc j'imagine que je veux que tu écoutes.

— Il n'y a aucune excuse pour ce que tu as fait.

— Je suis d'accord !

Je bondis et retins ma respiration en observant Cora. Elle gigota, grimaçant, mais put enfin se rendormir. Je gardai donc une voix basse.

— C'était inexcusable. Inacceptable. C'est la pire chose que j'ai jamais faite de ma vie et j'aimerais pouvoir changer ça. Nous savons tous les deux que je ne le peux pas. J'imagine que ce que j'attends de ta part, c'est que tu saches à quel point je suis désolé, putain.

Je jetai un coup d'œil coupable à Cora.

— Purée. Non, putain ! Je suis putain de désolé, Cam.

Il m'observa lors d'un long moment gênant avant de répondre à voix basse.

— Non, Jake. Tu ne peux pas débarquer de nulle part dans ma vie, avec tes beaux yeux et tes excuses. C'est trop tard.

Mon cœur s'enfonça alors que ma respiration se coupait.

— Tu trouves que mes yeux sont beaux ? lui demandai-je bêtement.

— Ce n'est pas le plus important ! siffla-t-il. Et avant que tu me dises que tu es flatté, je n'ai pas besoin de ta générosité d'hétéro.

— Je ne suis pas hétéro.

Il ricana et montra Cora.

Ce fut à mon tour de crisper ma mâchoire.

— Les bisexuels peuvent avoir des enfants. D'ailleurs, les gays aussi peuvent en avoir, mais peu importe. Je suis bi.

— Conneries.

Je m'obligeai à prendre une profonde inspiration et à expirer ensuite.

— Ce ne sont pas des conneries, à vrai dire. Je ne le savais pas, au lycée, mais j'aurais dû. Je suis bi.

Cam secoua la tête.

— Tu te fous de moi.

Mon indignation se mua en confusion.

— Pourquoi ferais-je une telle chose ?

— En souvenir du bon vieux temps ?

Clairement, nous avions tous les deux envie de hurler ou du moins d'élever la voix, mais nous nous disputions en chuchotant, à cause de Cora. Geignant, Toby grattait la porte fermée de la salle de bain.

— Tu crois que j'aurais envie de te faire du mal alors que tu nous as littéralement sauvé la vie ?

demandai-je tandis que le nœud dans mon estomac se resserrait. Ça me rend malade de savoir que j'ai failli la tuer. Cam, je te dois tout.

Mes yeux me brûlaient.

Il tourna le dos, ouvrant et refermant la porte du poêle, le métal crissant.

— Et jamais, *jamais*, je n'ai voulu te faire du mal. Je sais que je l'ai fait, mais ce n'était pas mon intention. Ce n'était pas marrant. Je ne t'en veux pas si tu as la pire opinion possible de moi, mais je n'avais pas envie de te faire de mal à l'époque et je n'en ai toujours pas envie aujourd'hui. Et je ne comprends pas pourquoi ma bisexualité te met en colère, mais…

— Ce n'est pas le cas !

— *Arrête*, m'emportai-je. C'est évidemment le cas. Pourquoi ?

— Parce que tu sais que je te veux ! répliqua Cam en serrant les poings.

— Je…

Je ne pus que cligner des yeux en le regardant.

— Tu me *veux* ? Au présent ?

Cam gronda, ce qui n'aurait pas dû m'exciter —, mais ce fut très clairement le cas. Je fis un pas pour me rapprocher du poêle, tentant d'étouffer cet élan de désir inattendu. Mon cœur tambourina à mes oreilles et ma verge durcit en un instant.

— Je te veux aussi, chuchotai-je, éclairé par la lumière orange.

Alors que je prononçais ces mots, je sus qu'ils étaient vrais.

Cam réduisit la distance entre nous en un seul pas… puis il continua d'avancer. À la porte, il enfila ses bottes.

La déception m'écrasa.

— Où vas-tu ?

Je le regardai remonter la fermeture éclair de son manteau et tâtonner sur son bonnet et ses gants.

— C'est dangereux, dehors.

Cam ricana, avec un rire dépourvu de tout humour, avant de claquer la porte derrière lui. Un tourbillon d'air glacial s'infiltra dans le chalet.

Après avoir partiellement recouvert le tiroir de Cora avec une couverture pour m'assurer qu'elle ne soit pas touchée par le courant d'air, j'ouvris la porte. La nuit était tombée – ou plutôt, elle s'était écrasée comme un glissement de terrain. Il ne faisait pas seulement nuit, de nouvelles chutes de neige réduisaient aussi la visibilité à néant. Je ne savais pas s'il neigeait encore ou si c'était simplement le vent qui soufflait la poudreuse.

Je fermai la porte et balayai la neige sur la grenouillère. Cam était sûrement parti voir comment se portait son cheval dans la grange. Il connaissait le chemin.

Les minutes s'écoulèrent comme des heures.

Cora dormait et je m'allongeai mécaniquement

à ses côtés, sur le lit, bien que je ne sois pas du tout fatigué. Ce n'était pas vrai... j'étais épuisé. Toutefois, l'acidité faisait gargouiller mon estomac et j'étais bien trop nerveux. Il m'était impossible de faire une sieste. Je laissai Toby sortir de la salle de bain et nous fîmes les cent pas tous les deux.

Il aboya ensuite et commença à griffer la porte d'entrée. Je me hâtai d'aller lui ouvrir, me préparant à accueillir la bourrasque de neige. Toby sortit précipitamment et disparut immédiatement dans le maelstrom.

— Cam ? l'appelai-je.

Le vent hurlant fut mon unique réponse.

Chapitre 7

JAKE

— CAM !

Mon cœur tambourinant, j'attendis. Je l'avais crié trois fois, désormais, et ce nom semblait immédiatement avalé par la neige. Tendant la main vers les deux interrupteurs au mur, j'appuyai dessus et fus satisfait quand l'un d'eux alluma une ampoule extérieure au-dessus de la porte.

À l'intérieur, j'allumai toutes les lumières possibles dans le cas où cela aiderait Cam à retrouver son chemin. Bien que je ne sache pas s'il était perdu ou s'il avait disparu. Mais chaque minute qui passait accentuait ma nausée.

Cora dormait. J'empilai les oreillers et les couvertures afin de créer un fort autour d'elle sur le lit et de la protéger de tout vent provenant de la porte ouverte.

La neige pénétrait dans le chalet et mes pieds

dans la grenouillère devenaient mouillés alors que je restais là, les bras croisés, clignant des yeux face au froid mordant.

— Toby le ramènera, me dis-je.

Ma voix était rauque. J'avais besoin de plus d'eau, mais je continuai de frissonner dans l'embrasure de la porte. Toby avait entendu quelque chose que je ne pouvais percevoir et les chiens avaient une ouïe, ainsi qu'un odorat incroyables. Il pourrait le ramener.

Et si Cam est blessé ?

Je jetai un coup d'œil à Cora. Je ne pouvais la quitter. Même si je n'étais pas immédiatement désorienté et perdu, je devais rester avec elle. La question ne se posait pas.

Toutefois, la peur s'enfonça en moi et s'insinua dans chacun de mes pores. Je ne pouvais appeler à l'aide. Même si le téléphone fonctionnait encore, personne ne pouvait venir sans aucune visibilité. Les équipes de secours devraient attendre que la tempête se calme enfin.

Frissonnant, je plissai les yeux dans l'obscurité et appelai à nouveau Cam. Il aurait bien pu être à trois mètres, j'aurais été incapable de le voir. Toutefois, Toby l'aurait reniflé. Il devait être encore plus loin.

Et s'il était bloqué, comme Cora et moi l'avions été ? Il était venu à notre rescousse, mais voilà que je pouvais seulement rester planté là, inutilement, dans mon pyjama de renne. Je tirai sur mes gants, gardant la porte à moitié fermée et espérant que la lumière de l'intérieur filtrerait tout de même.

Était-il allé voir comment se portaient les yaks ? Je souhaitais poser tant de questions supplémentaires sur eux. Je voulais lui poser tant de questions à propos de… tout. Il devait aller bien. Il n'était peut-être pas perdu du tout et je me comportais seulement comme une *drama queen* hyperémotive.

— Contente-toi de revenir, répétai-je comme une prière. Reviens, reviens, reviens.

L'aboiement de Toby précéda le moment où la silhouette immense de Cam émergea. Un frisson provoqué par un doux soulagement me traversa et je me penchai pour caresser Toby alors qu'il apparaissait à mes pieds, agitant la queue comme si tout ça n'était qu'un jeu. Je reculai pour que Cam puisse se glisser à l'intérieur.

Il grogna alors que je passais les bras autour de lui.

— Tu vas bien ? lui demandai-je. Mon Dieu, tu m'as fait peur.

Attendez, j'étreignais Cam. Et il me laissait faire bien que ses bras restent le long de son corps.

Lors d'un instant de bonheur, je m'accrochai à lui.

Puis Cam s'appuya contre la porte, ses yeux se

fermant un instant. Son visage était rouge, tandis que de la glace était collée à ses cils et tachait sa barbe. Je retirai mes gants et levai automatiquement la main pour chasser la neige de son visage.

Tandis que je saisissais les joues de Cam entre mes mains, la chaleur de mon contact fit fondre les cristaux qui s'attardaient dans sa barbe.

— Tu es blessé ? lui demandai-je urgemment.

Son regard croisa le mien. Il secoua la tête, mais ne retira pas mes mains. Mes pouces effleurèrent les coins de sa bouche. Jamais je n'avais eu aussi follement envie d'embrasser quelqu'un.

— Tu étais perdu ? chuchotai-je.

— Je suis arrivé dans la grange pour voir comment allait Bonnie. J'aurais dû rester là-bas. J'ai dévié. Merci d'avoir laissé sortir Toby. Et d'avoir allumé les lumières.

— Pas de problème.

Je tenais toujours son visage. Il ne restait que quelques centimètres entre nous… et je pourrais l'embrasser. Je pourrais coller nos bouches l'une contre l'autre et inspirer son odeur. Lécher ses lèvres et glisser ma langue à l'intérieur. Le goûter et frotter ma verge contre lui. Je me penchai davantage. Puis encore.

M'embrasserait-il en retour ?

M'attirerait-il contre lui ?

Bandait-il aussi ?

— Pourquoi as-tu fait ça ? demanda Cam dans un chuchotement à peine audible.

Les centimètres entre nous se muèrent instantanément en gouffre. Je reculai et manquai de glisser sur la neige fondue. Cam était toujours appuyé contre la porte, Toby à nos pieds. Les yeux de Cam étaient rivés sur les miens.

Il écoutait et j'avais enfin ma chance après tant d'années.

— J'ai su dès que j'ai abandonné ce sachet que c'était une terrible erreur. J'avais peur de m'évanouir. Je priais pour qu'ils partent. Pour qu'ils ne trouvent rien.

Le sourire de Cam était aussi acéré qu'un rasoir.

— Malheureusement pour moi, les chiens renifleurs sont très doués dans leur boulot.

— Oui, dis-je avant de déglutir péniblement. J'ignorais qu'ils avaient des chiens. J'ai simplement entendu Rick Langlois dire « recherche de drogues » ! Et ils arrivaient déjà. Ce n'était que de l'herbe, mais ils distribuaient les sanctions.

Avant de savoir ce que je faisais, je m'agrippai aux bras musclés de Cam au travers de son manteau. Le tissu était glacial sous mes paumes moites.

— Mon Dieu, Cam, je suis tellement, tellement désolé. Tu méritais bien mieux. De ma part, de la part de l'école. De la part de tout le monde.

Surtout de la mienne. Tu étais un gamin si gentil. Je… Je n'en étais pas sûr, mais je crois que je savais que tu avais un faible pour moi. C'était le cas, n'est-ce pas ?

Les bras de Cam étaient comme des barres d'acier entre mes mains. Il s'était tant figé que j'ignorais s'il respirait. Il me dévisageait d'un air vulnérable, son bouclier s'abaissant enfin.

J'insistai.

— Ce n'était pas une chose à laquelle j'avais vraiment réfléchi, mais au fond de moi, je le savais. Ou du moins, je le soupçonnais, à cause de la manière dont les gamins te taquinaient.

Toujours figé, il ne le nia nullement.

— Tu étais si adorable. Geek. Innocent. Je me rappelle avoir pensé que ton casier était la planque parfaite. Qu'ils ne regarderaient jamais dedans. C'est arrivé si vite. Une seconde, je l'ai pensé et la seconde d'après, j'entendais leurs bottes sur le lino. Mon cœur allait sortir de ma poitrine, alors j'ai simplement laissé glisser le sachet par l'une des bouches d'aération.

Je serrais ses bras bien trop fort, mais j'avais l'impression que c'était la seule chose qui m'évitait de m'effondrer. Cam ne bougeait toujours pas d'un pouce. Son regard était fixé sur le mien.

— J'ai couru vers ma salle de classe, continuai-je d'une voix rocailleuse. Je n'ai pas regardé en arrière. Je n'y croyais pas quand ils ont frappé à la porte de madame Patterson et cité ton nom. Et tu disais que ce n'était pas à toi. Ta voix est devenue si stridente et tu me regardais, complètement paniqué. Tu attendais que je t'aide. Tu savais que ça m'appartenait ?

— Pas encore à ce moment-là, marmonna Cam d'une voix grave.

— Je suis resté assis là. Terrifié. J'ai été tellement lâche. Si j'avais parlé dans l'instant, ça aurait pu tout changer. Mais j'ai attendu une semaine. *Une semaine.*

Cam fronça les sourcils, et bien qu'il ne bouge toujours pas dans ma poigne, il prit la parole.

— Qu'est-ce que tu veux dire ?

— C'était une semaine plus tard, je suis allé voir les flics. Je n'arrivais plus à manger. Je dormais à peine. Mes parents n'arrêtaient pas de me demander ce qui clochait et finalement, je leur ai tout raconté. Ils m'ont emmené au commissariat et j'ai parlé à deux flics, mais ceux-ci m'ont dit que les charges retenues contre toi avaient été abandonnées. Que j'avais un avenir prometteur et que je devrais la fermer et me considérer comme chanceux.

Cam resta silencieux de longues secondes.

— Tu t'es confessé ? demanda-t-il.

J'acquiesçai.

— J'étais complètement flippé…

Je jetai automatiquement un coup d'œil à

Cora, qui dormait toujours à poings fermés.

— J'étais terrifié, mais je ne pouvais plus me regarder dans un miroir. Je voulais t'appeler ou venir chez toi pour te dire à quel point j'étais désolé, mais tout le monde m'a dit de te laisser tranquille. Même mes parents, expliquai-je avant de grimacer. C'étaient des gens bien, je le jure ! Ils craignaient que si je me confiais à toi, tu réussisses à me faire virer. Mais tu savais déjà que c'était moi à ce moment-là, n'est-ce pas ?

Cam acquiesça, ses narines se dilatant.

— Sarah McKenzie t'a vu. Les ragots se sont propagés dans toute la ville, mais… tu étais toi. Et j'étais moi. Tout le monde savait que tu l'avais fait, mais tu étais la star du baseball. Même si tu étais sur le point d'avoir ton diplôme et que la saison était terminée, ça aurait eu l'air de quoi si le héros de la victoire pour les play-offs de la province était un criminel ? Ça aurait ruiné leur héritage. Alors tu es allé à la cérémonie de remise de diplômes et je n'en ai pas eu le droit.

Contrairement à ce jour terrible, les yeux bleus de Cam étaient secs. La sévère crispation de sa mâchoire s'était relâchée et ses épaules rigides s'étaient détendues. Il chassa mes mains et retira ses affaires d'hiver. Je battis en retraite dans la cuisine et avalai un verre d'eau avant de lui en servir un. Il le prit sans un mot.

J'attendis, regardant Cam avancer d'un pas

raide vers le poêle et se pencher pour ouvrir la porte. Le métal crissa. Il plaça une autre bûche à l'intérieur, des étincelles s'éparpillant devant le foyer en pierre.

Cam referma le poêle et le verrouilla avec la longue poignée de métal, le loquet grinçant lorsqu'il le mit en place. Il regarda fixement, le feu qui brûlait émettant une couleur orange et laissant des traces marron sur la vitre. Je voyais le côté de son visage barbu et le léger éclat du brasier qui dansait sur sa peau bien qu'il soit debout. Le bois craquelait et crépitait.

Je me rapprochai de lui et me tordis le cou pour vérifier si Cora dormait encore. Ses lèvres roses étaient entrouvertes et une petite main levée au-dessus de sa tête.

Lorsque Cam prit enfin la parole, mon cœur se pinça.

— Je te détestais.

J'acquiesçai.

— Je ne t'en veux pas.

— Je savais que la plupart des gens ne m'aimaient pas. J'étais le gamin geek et gay. Mais tu étais différent. Tu avais toujours été gentil. Tu me disais bonjour dans les couloirs et tu avais demandé à Travis Mosbaugh de la fermer quand il m'a dit que je n'étais qu'une pédale boutonneuse. Tu étais différent.

Ma peau rougit tant j'avais honte.

— J'aimerais pouvoir changer ce que j'ai fait.

— Il ne restait qu'une semaine de cours et le principal Shore m'a dit que j'avais de la chance d'obtenir mon diplôme. Bien que je ne puisse assister à la cérémonie. Il a dit que ce serait trop… controversé, m'expliqua Cam avec un sourire maussade. Tu veux savoir pourquoi je n'ai pas été renvoyé ou accusé ? Monsieur Pinter est intervenu. Ma mère l'a appelé. Elle était hors d'elle.

J'avais cru que les charges avaient été abandonnées, car il ne s'agissait que d'un minuscule sachet d'herbe. Que les autorités s'étaient rendu compte qu'il était ridicule d'arrêter un gamin pour ça. J'avais tout de même su que c'était risqué. Je n'avais fumé que deux fois précédemment, mais je m'étais senti si adulte à l'approche de la remise de diplômes. Quelle plaisanterie ! Même maintenant que j'étais trentenaire, j'étais à peine adulte.

— Où est ta mère ? Tu ne l'as pas mentionnée.

— Elle s'est remariée il y a quelques années. Elle a déménagé sur l'île de Vancouver. À Tofino. Elle est à fond sur les cristaux et le yoga. On se parle une fois par semaine et elle m'a rendu visite l'année dernière. Elle fait une croisière en Amérique du Sud, en ce moment.

— Monsieur Pinter a parlé aux flics ?

Cam acquiesça.

— Il a du pouvoir. L'influence de l'argent et tout ça. Mais c'est quelqu'un de bien. Le meilleur.

Il m'a offert un job d'été sur le ranch. Il l'avait proposé avant, mais j'ai toujours cru qu'il s'était senti contraint de le faire. J'étais si maigrichon, je n'étais pas vraiment de la bonne main-d'œuvre pour le ranch. Après ce qu'il a fait pour moi, c'est moi qui me suis senti redevable envers lui. Je ne m'étais pas attendu à tomber amoureux de ce boulot. Comme mon admission à l'université avait été révoquée, je suis resté. J'ai grandi et commencé à faire du sport.

Il haussa les épaules comme pour dire : *tu connais la suite.*

— Tu t'es réinventé.

— J'imagine.

— Et… tu as fait ton coming-out ?

Cam prit une profonde inspiration et soupira lentement en acquiesçant.

— Ma mère ainsi que madame et monsieur Pinter m'ont accepté.

Il se baissa pour caresser Toby.

— Toby, Bonnie et les yaks s'en moquent.

— Je suis vraiment reconnaissant envers les Pinter. Cam, je… Je sais que je ne pourrais jamais me rattraper, mais j'adorerais essayer. S'il y a quoi que ce soit – *quoi que ce soit* – que je puisse faire, dis-le-moi, s'il te plaît.

Cam se raidit et me dévisagea.

— Je te crois. Je crois que tu es effectivement désolé. Les gamins commettent des erreurs. Nous ne sommes plus des enfants.

Comme pour ponctuer cette déclaration, Cora gigota dans un grondement et un grognement. Cam ricana et mon cœur enfla sous le coup de l'espoir. Je ne savais pas réellement ce que j'espérais, mais alors que je réchauffais le biberon de Cora et que Cam préparait de la bolognaise, l'avenir ne me sembla plus aussi effrayant.

Chapitre 8

CAM

AU PETIT MATIN du réveillon de Noël, je m'éveillai au son de l'application de bruit blanc sur le portable de Jake. Bien que je sois habitué au silence complet, sans compter la respiration sifflante de Toby, je m'étais endormi aussitôt et j'avais bien dormi, à l'exception d'un bref réveil quand Jake s'était levé avec Cora.

Depuis qu'ils étaient arrivés, Toby et moi nous étions apparemment habitués à leur présence.

Seuls *deux jours* s'étaient-ils réellement écoulés ?

Le monde entier s'était réduit aux quatre murs de mon chalet. J'avais l'impression que nous étions ici, ensemble, depuis des années.

Alors que je songeais à Jake, je me crispai automatiquement, mon esprit rejouant tout ce que nous nous étions dit. La tension déclina avec une nouvelle vague de soulagement. Je m'étais accroché à ma rancœur si longtemps que j'avais l'impression de m'amputer en la laissant partir. Mais j'accueillis volontiers cette sensation.

Comment disait-on déjà ? Que la rancune, c'est comme boire du poison en attendant que l'autre en meure ?

Même quand les parents de Jake avaient été tués, je n'avais pas laissé ma colère s'estomper. Bien que j'aie rarement pensé à lui au fil des années, la rancœur était restée comme une ligne directrice, prête à se raviver avec une étincelle.

Discrètement, je rangeai le sac de couchage et attisai le feu. Toby leva les yeux de sa place, devant le poêle, avant de recommencer à ronfler. Tandis qu'une lumière orange éclairait quelque peu la pièce, j'observai Jake dans mon lit. Il me tournait le dos, blotti vers sa fille dans le tiroir.

J'attendis.

La rancœur qui s'était consumée la moitié de ma vie s'était finalement éteinte après une ultime flambée.

Quand le bon et loyal Toby s'était précipité dans la tempête blanche pour me guider vers le chalet, j'avais tout d'abord remarqué le soupçon de lumière, puis finalement la silhouette de Jake dans l'embrasure de la porte, alors qu'il portait ce stupide pyjama de renne. Mon soulagement, quand j'avais retrouvé la sécurité de mon chalet, avait été suivi par une vague d'émotions que je n'arrivais toujours pas à identifier.

J'avais été seul avec mes animaux si longtemps. Je m'étais dit que je n'avais pas besoin de qui que ce soit d'autre. Je ne voulais personne. Certainement pas *Jake Gregson*. Mais retourner vers lui – avec la chaleur de son étreinte inquiète, le doux contact de ses mains sur mon visage – m'avait ébranlé.

Le feu réchauffait mon dos alors que je restais là à le regarder dormir. Ses lèvres étaient entrouvertes. L'une de ses mains était tendue vers Cora. Quand je rejouais tout ce que nous nous étions dit, quatre mots s'attardaient.

Je te veux aussi.

Je m'échappai vers la salle de bain pour soulager ma vessie et reprendre mes esprits avant de devenir un véritable psychopathe et de le regarder dormir, tout en me demandant quel goût avaient ses lèvres, si ses tétons étaient sensibles et s'il aimait offrir des fellations. Et, et, et…

Je me douchai, ravi d'avoir ce puissant chauffe-haut que je m'étais permis d'acheter – ainsi que d'avoir profité du super prix que monsieur Pinter avait eu pour le générateur. Je résistai à l'envie de me masturber, mais uniquement car j'entendais les cris matinaux et endormis de Cora. Cela me paraissait inapproprié.

Je n'avais pas apporté de vêtements dans la salle

de bain. J'ouvris donc la porte dans mon peignoir en tissu-éponge.

Berçant une Cora agitée pendant que le biberon réchauffait, Jake me regarda depuis la cuisine. Sa pomme d'Adam remua.

— Bonjour, me dit-il d'une voix rauque.

Il m'observa et attendit.

— Bonjour. J'espère que je ne t'ai pas réveillé.

Il n'était pas encore six heures.

Jake soupira et sourit.

— Non, c'est sa faute à elle, dit-il en se blottissant contre la tête du bébé. Quelqu'un a faim, comme d'habitude.

Il la décala sur l'un de ses bras afin de vérifier la température du lait, et tendit maladroitement la main vers le biberon.

— Tiens, dis-je en me hâtant de l'aider.

— Merci.

Les dents de Jake brillaient à la lueur de la lumière de la cuisine tandis que je testais la température du lait infantile sur mon poignet.

Quand je levai les yeux pour lui tendre le biberon, le regard de Jake se riva sur mon visage. Il saisit rapidement le biberon et s'exalta pour Cora, l'encourageant à boire. Je baissai les yeux et vis que mon peignoir était béant, à peine fermé au niveau de la taille. Il était un peu trop petit, mais le magasin de Lonely Creek n'avait pas eu plus grand en stock.

Je te veux aussi.

— C'est comment, dehors ? Tu crois que… demanda Jake d'une voix basse.

L'excitation frémissante se transforma en un creux nerveux dans mon ventre. Je n'y avais même pas songé, mais maintenant que je le faisais, je remarquais que le vent soufflait. La neige s'amassait contre la fenêtre et, dans l'obscurité, il était difficile de voir quoi que ce soit.

Je partis en direction de la porte et me préparai à l'ouvrir. La bourrasque glaciale entra tout de même.

Le soulagement fut doux et rapide. Bien sûr, la tempête avait diminué, mais pas suffisamment. Je m'éclaircis la voix.

— Le temps est encore incertain. Je crois qu'il a arrêté de neiger, mais la visibilité pourrait devenir nulle d'une seconde à l'autre. Il n'est pas sûr d'aller rejoindre mon pick-up et encore moins de s'engager sur la route.

Le vent avait ralenti, en comparaison à la journée d'hier, mais une forte tempête de neige pouvait arriver en un clin d'œil. Je frissonnai en repensant que j'avais été coincé dehors, attendant que Toby me trouve. J'avais effectué l'aller-retour entre la grange et le chalet à un million de reprises, mais cette fois, j'avais eu le vertige et je ne voyais rien du tout.

L'idée que Jake et Cora aient pu se retrouver

dehors dans la tempête me donnait la nausée. Ils devraient rester au moins un jour de plus.

Avec Cora en sécurité dans ses bras, en train de boire son biberon, Jake acquiesça.

— Il vaut mieux prévenir que guérir, n'est-ce pas ?

Il fit un pas en avant et grimaça.

— Quoi ? demandai-je en fermant la porte derrière moi, impatient d'exclure le reste du monde.

J'aurais dû laisser Jake s'excuser immédiatement. Nous avions perdu une journée lors de laquelle nous aurions pu…

Arrête-toi immédiatement.

Mes fantasmes étaient déchaînés, comme si un barrage avait été brisé. Je me concentrai une nouvelle fois sur Jake, qui secouait son pied dans la grenouillère.

— Mes pieds sont encore un peu humides. Il y avait de la neige dans l'embrasure de la porte pendant que tu étais dehors et que j'attendais, précisa Jake, comme je devais avoir l'air perplexe.

— Pourquoi ne l'as-tu pas dit ?

J'ouvris le tiroir du bas et sortis un survêtement gris ainsi qu'un T-shirt. J'attrapai également une nouvelle paire de chaussettes.

— Je ne veux pas utiliser tous tes pyjamas. Tu as une machine à laver ?

Son front se plissa alors qu'il jetait un coup

d'œil autour de lui.

— La domestique des Pinter fait ma lessive de temps à autre. Mais j'aurai ma propre machine dans la nouvelle maison.

— Oh, c'est vrai ! Tu déménages.

Il redressa Cora et lui tapota le dos.

— Même si cet endroit est génial, conclut-il en agitant une nouvelle fois son pied.

— Je vais la prendre. Va te changer.

Je tendis les bras.

Ses lèvres pulpeuses se tordirent dans un sourire.

— Oui, d'accord.

Cora babilla alors que je la prenais dans mes bras et elle tendit une main minuscule vers ma barbe. Elle avait bavé du lait infantile sur sa grenouillère représentant un éléphant vert et je l'essuyai avec mon doigt. Jake nous observa en riant tandis que Cora touchait les poils de mon torse au travers du V formé par mon peignoir.

— Tu en as un peu plus que moi, dit-il avant de reprendre manifestement ses esprits.

Il récupéra le survêtement plié sur le lit, avant d'ouvrir la grenouillère de renne.

Je pivotai pour être face à la cuisine, me concentrant pour tracer le lobe délicat de l'oreille de Cora.

— À quoi ressemblera la nouvelle maison ? demanda Jake derrière moi. Je ne t'imagine pas dans l'une de ces grandes demeures luxueuses.

— Clairement pas. Un étage. Trois chambres. Un porche tout autour. Euh, une cuisine et deux salles de bain.

Il gloussa.

— J'espère effectivement qu'il y aura une cuisine. Tu as opté pour quel style ?

Je tapotai le dos de Cora, mais elle se contenta de gargouiller et de bafouiller. Pas encore de rot.

— C'est… sympa. Il y a un de ces îlots centraux.

Jake gloussa.

— Ah, tu as opté pour le style « sympa ». J'ai l'impression que le porche sera ton endroit préféré. Oh, y a-t-il une cheminée ? Tu as besoin d'un endroit pour ton fauteuil à bascule.

Je fus obligé de rire.

— Je plaide coupable.

Du tissu bruissa derrière moi.

— Je me demande à quoi ressemble ma maison en ce moment. Pas *ma* maison, se corrigea-t-il immédiatement. Celle de mon oncle, je veux dire.

Un accroc dans sa voix me fit tourner la tête. Je fus momentanément sans voix à la vue de son torse nu.

— Euh, la location où tu vas vivre, tu veux dire ?

Je fronçai les sourcils, tentant de comprendre ce qui avait rendu la voix de Jake plus tendue. Je le vis tendre le bras et passer mon T-shirt trop grand par-dessus sa tête. Ses pectoraux fins et ses tétons sombres furent dévoilés avant que le coton retombe.

— Où est-ce, déjà ?

— Sur Hamilton Street.

— C'est là que tu vivais.

Jake se frotta le visage, ses poils griffant sa paume. Il n'avait pas de véritable barbe, mais elle râperait tout de même contre la mienne. Elle créerait de la friction et…

Cora rota et péta à la fois. Souriant, Jake la récupéra.

— Très classe, chérie.

Rattachant la ceinture de mon peignoir, je poursuivis :

— Cette location est proche de l'endroit où tu as grandi ?

Jake fit rebondir Cora et soupira.

— Oui, c'est ma maison, dit-il avant de grimacer. Non, c'est la maison de mon oncle. Mais c'est là que j'ai grandi.

— Tes parents ne te l'ont pas léguée ?

Il me lança un sourire crispé.

— Si, ils l'ont fait. Mais à l'époque, j'étais à la fac à Toronto. Je ne prévoyais nullement de réemménager à la maison. Elle ne valait presque rien, à l'époque. Je l'ai vendue à mon oncle et me suis servi de l'argent pour payer mes frais de scolarité et autres dépenses. Il l'a rénovée et a créé plusieurs appartements à l'intérieur quand les locations de vacances ont vraiment décollé. C'était malin. Sur Airbnb, ça a l'air joli.

J'accusai le coup.

— Tu vas vivre dans le sous-sol de la maison dans laquelle tu as grandi ?

— Oui, ce sera un peu bizarre, me répondit Jake avec un sourire forcé. J'ai de la chance qu'il ait accepté de retirer le sous-sol des sites de location. Il faut clairement que je trouve un endroit où vivre avant le début de la saison de ski, l'année prochaine. Le marché immobilier a explosé partout. Mais j'ignorais que ça se produirait, à l'époque.

— C'est vrai. Tu n'aurais pas pu le savoir.

Jake déglutit difficilement.

— Mes parents étaient morts, je ne voulais certainement pas de notre maison vide.

J'acquiesçai.

Avant que Jake ne puisse dire quoi que ce soit, Cora grogna et gigota. Une nouvelle odeur parfuma l'air.

— C'est l'heure de la couche ! déclara Jake d'un ton enthousiaste.

Toby et moi partîmes vers la grange alors que le soleil se levait. Je brossai Bonnie et lui donnai des friandises. Alors qu'elle mâchait le trognon de la pomme, Toby se roulait dans les congères et vivait le plus beau moment de sa vie.

Le ciel matinal était encore gris et d'épais nuages nous menaçaient de nouvelles chutes de neige. Même si c'était terminé pour l'instant, il faudrait une éternité pour que les services de voirie chassent toute trace de la tempête en déneigeant les routes.

L'électricité était sans doute encore coupée à Lonely Creek et Noël était demain. Il valait mieux attendre jusqu'au Boxing Day, au minimum, pour s'aventurer dehors. C'était la seule décision logique.

Je grinçai des dents en nettoyant le box de Bonnie et en songeant à l'*ancienne* maison de Jake en ville. Bien qu'il soit véridique qu'elle appartienne désormais à son oncle, et que cet homme ait tous les droits d'en faire ce qu'il souhaitait et demande un loyer…

Ça ne sonnait pas juste. Pas du tout. Je n'imaginais pas combien il serait étrange d'aller vivre dans le sous-sol de ma maison d'enfance. Maman l'avait vendue quand elle s'était remariée et j'ignorais qui y vivait désormais.

Toutefois, l'idée de revenir à cet endroit où mon père faisait des barbecues dans le jardin toute l'année, avec une bière blonde à la main pendant que ma mère chantait les mélodies de Garth Brooks et préparait les meilleurs cookies au chocolat du monde…

L'endroit où papa et moi avions accroché des

lumières de Noël clignotantes sur les avant-toits et le porche, jusqu'à l'immense sapin dans notre cour… L'arbre était-il toujours debout ? Pour ce que j'en savais, cette maison avait pu être détruite pour laisser place à quelque chose de plus grand. Même à Lonely Creek, j'avais repéré quelques demeures luxueuses, comme Jake les avait appelées.

Devant la porte ouverte de la grange, Toby aboya, chassant sa propre queue comme dans un dessin animé et projetant de la neige partout. Je ris et l'appelai pour lui donner une friandise trouvée dans ma poche avant de remplir le filet à foin de Bonnie dans son box.

Je te veux aussi.

Seigneur, je devais me reprendre. Les mots de Jake me hantaient. Je n'avais pas pris la peine de m'envoyer en l'air pendant deux années consécutives, mais voilà que je luttais contre les érections comme si j'étais de retour au lycée.

La chaleur que j'avais repérée dans ses yeux quand il avait retiré l'écharde avait-elle été réelle ? Bien que je me sois comporté comme un idiot à ce propos, je savais évidemment que la bisexualité existait légitimement.

Je ne m'étais jamais soucié des étiquettes, mais le retour de Jake m'avait fait réfléchir. En dehors de quelques coups d'un soir foireux au fil des années, il n'y avait que Toby, Bonnie, les yaks et moi. Aucun d'eux ne se souciait des étiquettes, mais… Y avait-il un mot pour moi ?

Je tentai de me souvenir de la dernière fois où j'avais été aussi excité par un homme. Je m'étais bien envoyé en l'air de temps à autre, mais généralement, cela ne me faisait ni chaud ni froid. Avais-je déjà ressenti ce feu rugissant dans mon sang ?

J'avais envie d'embrasser Jake jusqu'à ce que nous ne puissions plus respirer. Sucer ses tétons et sa verge, lui dévorer le cul, le baiser et le faire jouir jusqu'à ce qu'il ne tienne plus debout et…

La tête inclinée, Toby m'aboya dessus. Seigneur, mon sexe était dur comme de la pierre et s'il ne gelait pas, je l'aurais sorti ici et maintenant pour soulager la pression. Enfin, peut-être pas pendant que Toby et Bonnie regardaient.

Rapidement, je fouillai dans mon abri de jardin à la recherche d'un carton que madame Pinter m'avait donné des années plus tôt, avant de repartir en traînant des pieds dans la neige vers le chalet.

Jake était assis sur le tapis avec Cora, entonnant une chanson sur un singe violet pendant qu'elle poussait avec ses mains et tentait de rouler à nouveau. Je tapai mes bottes contre le sol alors que Toby se précipitait pour aller lécher Cora et Jake comme s'il ne les avait pas vus depuis des années.

Jake passa les bras autour d'un Toby enneigé pour le tenir éloigné du bébé, riant et gigotant.

J'appelai mon chien, mais ne pus m'empêcher de sourire.

Tandis que je faisais frire des œufs et du bacon, l'odeur de sel et de graisse crépitante envahit le chalet. Il était ridicule que je n'aie pas de vraie table. Bon sang, je ne possédais même pas deux chaises. Madame Pinter m'avait rappelé avant leur départ que la livraison des meubles pouvait prendre des mois et que j'aurais dû les choisir depuis longtemps. Elle m'avait laissé des prospectus et des catalogues, toujours posés sur ma commode sous mes nouveaux livres.

Jake insista sur le fait qu'il était bien installé, sur le tapis, et je laissais Toby ressortir afin qu'il ne harcèle pas mon invité pour son bacon. Je m'assis dans mon fauteuil à bascule et écoutai Jake me préciser comment les singes violets dans les arbres pouvaient exister. Il m'expliqua ensuite cette étape des six mois dans le développement du bébé, tandis que Cora mâchonnait un tigre en peluche.

— Je suis désolé, me dit-il alors que son visage rougissait. C'est tellement ennuyeux.

— Non, répondis-je. C'est la même chose avec les yaks. Ils franchissent des étapes, quand ils grandissent. Euh… enfin, je ne compare pas Cora à un yak.

— Elle est moins poilue, répondit sérieusement Jake. Jusqu'ici, en tout cas.

La matinée s'écoula et je ne me souvins pas de

la dernière fois où j'avais pris une journée de repos telle que celle-ci. Bien sûr, je n'avais pas travaillé la veille, mais comme Jake marchait encore sur des œufs, nous n'avions pas beaucoup discuté. J'avais été si tendu que j'en avais un torticolis.

Aujourd'hui, je respirais.

Il fallut un moment pour que Cora arrête de s'agiter et s'endorme. Jake emporta son tiroir dans la salle de bain, le plaçant prudemment par terre avec son portable qui jouait un bruit blanc.

— Je veux m'assurer qu'elle dorme suffisamment, chuchota-t-il.

Il la borda et entrouvrit la porte.

Il soupira ensuite, ses épaules s'affaissant. Il ferma les yeux un instant, s'appuyant contre le chambranle. Les mois de privation de sommeil se lisaient sur son visage. Je constatais qu'il consacrait toute son énergie pour Cora, n'en gardant presque pas pour lui-même.

Je me redressai, après avoir attisé le feu, et reposai le tison sur son support. J'allumai ensuite la cuisine, car seule une faible lumière naturelle tamisée parvenait par la fenêtre, associée à l'éclat orange et vacillant du feu.

Jake m'observa.

— Euh, Toby va bien, dehors ? demanda-t-il en continuant de murmurer.

J'acquiesçai.

— Cool.

— Tu devrais faire une sieste.

Il soupira.

— Oui, c'est ce qu'ils disent. Dormir quand elle dort. C'est juste que…

Il gratta son cou, ses doigts glissant sur sa clavicule dans le col lâche de mon T-shirt.

— Tout ce que je fais concerne le bébé, dit-il avant de se raidir subitement. Et j'adore ça !

Il jeta un coup d'œil derrière lui, en direction de la salle de bain, et baissa la voix.

— Je l'aime.

— Je sais.

Je me rendis compte tardivement que ses pieds étaient à nouveau nus.

— Où sont tes chaussettes ?

Il baissa les yeux.

— Oh, j'ai renversé du lait infantile sur l'une d'elles.

Il montra les chaussettes pendues à la tête de lit. Je ne les avais même pas remarquées, probablement parce que j'avais été incapable d'arracher mon regard à Jake.

Je passai à côté de lui en l'effleurant. Son souffle s'était-il coupé ? J'attrapai une autre paire de chaussettes dans le tiroir bien trop rempli.

— Tiens.

Nos doigts se rencontrèrent au-dessus de la boule de laine.

Son regard noir et rivé sur le mien, Jake murmura.

— Merci.

Nous restâmes plantés là, sous la lumière tamisée. Le sang tambourinait à mes oreilles et j'attendis. Jake était censé enfiler les chaussettes, maintenant.

Cependant, son regard alternait entre mes yeux et mes lèvres et…

Nos bouches s'écrasèrent l'une contre l'autre.

Je me noyais. Je me noyais en *lui*. Des années plus tôt, je m'étais imaginé embrasser Jake Gregson un million de fois. Je l'avais imaginé m'embrasser. Il avait été si confiant, si grand et si impressionnant.

Désormais, il s'agrippait à moi, ses doigts s'enfonçant dans mes biceps. Il haletait alors que j'enfonçais ma langue dans sa bouche. Je l'attirai contre moi, une main derrière sa tête, mes doigts s'emmêlant dans ses cheveux épais et ondulés. Il avait un goût de bacon et de café noir. Nous nous embrassâmes jusqu'à ce que je sois obligé de respirer.

Ses lèvres brillantes, Jake leva les yeux vers moi.

— Qui aurait cru que le petit Cam Walsh embrasserait comme ça ?

Je ne pus m'en empêcher, je gonflai le torse.

— Je ne suis plus si petit, maintenant.

— Oh, j'avais remarqué.

Il glissa les mains sur mes bras avant de les passer sous mon pull, ses doigts s'étirant sur mes côtes. Je frissonnai à ce léger contact. Jake se mordit la lèvre comme il l'avait fait en retirant l'écharde.

— Je peux te voir ?

Mon pouls tambourinant, je retirai mon pull et mon jean un peu trop rapidement. Trop impatiemment ? Mais Jake ne semblait pas s'en préoccuper, son regard étant rivé sur le renflement provoqué par mon érection dans mon boxer blanc. Lentement, il traça le contour de ma longueur sous le coton.

Le plaisir, la fierté et le désir étincelèrent en moi. Je levai l'ourlet du T-shirt qu'il portait et Jake leva les bras. Faisant un pas en arrière, il s'assit au bord du lit en ne portant que mon survêtement. Les chaussettes étaient oubliées. Levant les yeux vers moi, il déglutit difficilement.

— Est-ce que… Tu as été testé ? demanda-t-il. Je n'ai fréquenté personne depuis Anna. J'ai été testé quelques fois après avoir découvert qu'elle m'avait trompé et elle l'a été aussi. Je vais bien.

J'acquiesçai.

— Tout allait bien il y a plus d'un an. Je n'ai eu personne depuis.

Un sourire se dessina sur ses lèvres pulpeuses.

— Rien que toi et les animaux ici, hein ?

— Les yaks ne sont pas mon genre.

Il rit avant de se mordre la lèvre en respirant péniblement.

— Qu'est-ce que tu veux ? demandai-je avec une voix digne d'un grognement.

Je dus me retenir de lui sauter dessus.

— Euh…

Une émotion se lut brièvement sur son visage alors qu'il fronçait les sourcils. Son regard se posa sur la porte de la salle de bain, toujours à moitié fermée. Cora n'était pas visible, d'ici. L'unique bruit était le bourdonnement distant de l'application de bruit blanc.

— Tout va bien, murmurai-je en passant une main dans ses cheveux soyeux.

Fermant les yeux, il s'appuya contre ma main et tendit la sienne, ses doigts trouvant mes cuisses à l'extrémité de mon boxer.

— Qu'est-ce que tu veux ? répétai-je, comme un cheval de course prêt à s'élancer.

Jake devint une nouvelle fois tendu. Il baissa la tête.

— Je… je… euh… bafouilla-t-il.

Le malaise me traversa comme de l'eau glaciale. Je levai le menton de Jake et titubai en arrière en voyant les larmes briller dans ses yeux marron.

— Je suis désolé !

Il se frotta le visage.

— Putain. Purée. *Putain.*

— Qu'y a-t-il ? demandai-je d'une voix rauque. Est-ce que tu…

Une pensée terrible me stupéfia.

— Tu n'en as pas envie ? Est-ce un genre de… retour de bâton ? Comme si tu avais une dette envers moi ?

Il écarquilla les yeux.

— Non ! *Non.*

Il tendit la main vers moi, mais je restai hors de sa portée.

— J'ignore ce qui se passe.

Mon estomac se crispa.

— Je ne veux pas de ta pitié. Ou être ta… repentance.

Jake secoua la tête, ses mains se nouant sur ses genoux. Il m'observa avec ces grands et beaux yeux.

— Je te veux. Seulement, je ne sais pas…

Il secoua une nouvelle fois la tête.

— Je ne sais pas pourquoi je pleure, m'expliqua-t-il en s'essuyant les joues. Tu as posé une simple question et je fais une crise de nerfs.

Son regard glissa vers la porte de la salle de bain.

Hésitant, je me rapprochai une nouvelle fois de lui et lui caressai la tête. Jake se pencha contre moi, projetant ses bras autour de ma taille. Je passai mon bras autour de la peau chaude de son dos et il appuya sa joue mouillée contre mon ventre.

Je lui caressai lentement la tête, tout en murmurant.

— Tout va bien.

— Très sexy, hein ? marmonna-t-il.

— Tout va bien, répétai-je.

Jake se pencha en arrière et m'observa sérieusement.

— Est-ce que tu peux juste… s'interrompit-il en fronçant les sourcils. Tu m'as demandé ce que je voulais et c'est… Je prends tant de décisions tous les jours. Pour elle. Toute la responsabilité m'incombe. Est-ce que j'utilise le bon lait infantile ? Les bonnes couches ? A-t-elle suffisamment chaud ? A-t-elle trop chaud ? A-t-elle faim ? Lui ai-je donné trop à manger ? Est-elle malade ? Aurais-je dû la garder à l'intérieur ? Ou la faire sortir pour qu'elle prenne l'air frais ? Ça ne s'arrête jamais.

Jake ferma les yeux avant de les rouvrir.

— Je veux simplement que quelqu'un me dise quoi faire. Je ne sais pas ce que je veux. Sauf toi. Je sais que je te veux. S'il te plaît.

— Tu veux que je te dise quoi faire ?

Il acquiesça impatiemment et se lécha les lèvres.

Oubliez les cadeaux sous le sapin : l'aider était pour moi le plus beau des cadeaux. Mon esprit tourbillonna à cause de toutes les possibilités. Jake était en train de m'observer au bout du lit et de m'attendre, son regard parcourant mon corps. Je me surpris alors à prononcer deux mots simples.

— Regarde-moi.

Les lèvres de Jake s'entrouvrirent tandis que

son souffle se coupait. Il acquiesça et se lécha les lèvres. Je reculai afin que nous ne nous touchions pas et l'air entre nous était électrique.

Ma verge gonfla à nouveau sous le regard excité de Jake. Je me caressai au travers du coton, le tissu s'étirant jusqu'à ce que je sois obligé de baisser et retirer mon boxer. Nu, je me tenais devant Jake. Je n'étais plus le gamin maigrichon. Je voulais qu'il me *voie*.

Mon gland rougi ressortait de mon prépuce. Je caressai ma verge, m'obligeant à y aller lentement. Jake ouvrit et ferma la bouche, essayant peut-être de parler ou simplement de respirer. Son torse commença à rougir. Des poils marron étaient éparpillés sur ses pectoraux, tandis que ses tétons étaient sombres et durs.

Le rougissement remonta jusqu'à son visage, bien qu'il soit clair que son corps ait redirigé une bonne quantité de sang vers le bas. Son – *mon* – pantalon de survêtement se dressait à cause du renflement de l'érection et mon sang chantait mon désir.

Intérieurement, l'adolescent que j'étais exultait fièrement à l'idée que *je* fasse bander Jake. Il bandait rien qu'en me voyant ! Seul mon bras bougeait alors que j'empoignais ma verge. Je n'avais jamais été attiré par le voyeurisme, par le passé, mais *bon sang*, la manière dont ses yeux étaient rivés sur moi... Écartant les jambes, je cambrai ma colonne vertébrale.

Je me donnais en spectacle. Il n'y avait aucune autre manière de le décrire. Jake m'observait tandis que je jouais avec l'extrémité de ma verge et que des palpitations électriques ondulaient dans mon entrejambe. Il me regardait tourner autour de mes tétons jusqu'à ce qu'ils bourgeonnent et heurtent mes ongles courts au travers des poils de mon torse. Il me regardait caresser mes testicules tandis que je pompais ma verge plus ardemment de l'autre main.

Et je contemplais Jake.

Un point mouillé assombrit le gris clair de son survêtement étiré. Ses poings étaient serrés le long de son corps. Son torse se soulevait péniblement et sa peau était toujours rouge. Il ne se touchait pas. Il haletait au travers de ses lèvres brillantes et entrouvertes. Ses yeux brillaient encore, même si les larmes restaient non versées. Bien que ce soit moi, qui sois nu, c'était Jake qui se retrouvait sans défense. Et qui pouvait être brisé.

Je n'avais pas envie qu'il se brise.

Le pouvoir me submergea. Le *contrôle*. Je laissais Jake me regarder et c'était mon spectacle. *À moi*. Le *moi* crétin, le loser risible. Bien que je ne sois plus ainsi depuis des années, mon moi adolescent n'était jamais totalement parti. Et cela m'excitait tant que Jake me désire.

Un gémissement irrégulier me déchira la gorge

et mon torse me brûla. Mes testicules se crispèrent et mes orteils se recourbèrent sur le sol froid. Je grognai et grommelai, regardant le beau visage de Jake tandis que je jouissais.

Des gouttes éclaboussèrent son torse et le marquèrent. Un plaisir brûlant rugit au travers de mes veines et je pompai ma verge avec les deux mains, mes yeux rivés sur Jake. Il ne s'était toujours pas touché, mais il frissonnait alors que je m'affairais sur mon pénis, des tremblements secouant son corps solide.

Je m'affalai à ses pieds, le parquet solide sous mes genoux. Mes mains restèrent en suspens près de ses hanches alors qu'il me dévisageait, toujours figé.

— Je vais boire ton sperme, lui dis-je.

J'attendis.

Le bruit que Jake émit fut un gémissement, mêlé à un halètement et à un couinement. Il acquiesça vivement.

J'avais imaginé cela à l'époque. Pas seulement avoir la verge de Jake dans ma bouche – ce que je fis après avoir baissé le survêtement sur ses cuisses. Je le suçai en grognant, plongeant mes doigts dans ses hanches. Il n'était pas circoncis non plus et je taquinai son prépuce.

Oh que oui, j'avais imaginé cela – la longue verge de Jake presque dans ma gorge, mes lèvres étirées autour de son membre tandis qu'il gémissait. J'avais imaginé que ses poils pubiens taquineraient mon nez et que ma langue tournerait autour de lui. Je reculai pour jouer avec son gland.

J'avais cependant ignoré à quel point il tremblerait et gémirait. À quel point j'aurais envie de le protéger et de l'aider à jouir, car il en avait clairement besoin. Comment aurais-je pu me rendre compte que j'aurais envie de l'apaiser et de lui dire que tout irait bien ?

Je ne pouvais cependant rien dire à Jake, comme ma bouche était emplie de lui, la salive débordant de mes lèvres étirées.

Cependant, j'avais imaginé à de trop nombreuses reprises comment Jake jouirait dans ma bouche. Au fil des années, je n'avais pas laissé beaucoup de mecs le faire. Cela s'était produit, de temps à autre, mais je me retirais, d'ordinaire. En revanche, je n'avais jamais ressenti cela avec un autre mec. Je n'avais jamais été consumé à ce point par le désir.

J'avais envie de l'avaler tout entier.

Néanmoins, je n'étais pas encore prêt à ce que cela se termine. Haletant, je reculai et m'assis sur mes talons, entre les jambes écartées de Jake, pendant qu'il gémissait. Je passai mes doigts sur ses cuisses tremblantes, ses poils chatouillant ma peau. L'un après l'autre, je léchai ses testicules, frottant ma barbe contre la peau douce à l'intérieur de ses cuisses.

Il passa l'une de ses mains dans mes cheveux et des frissons parcoururent ma colonne.

— Je veux que tu jouisses pour moi, chuchotai-je en levant la tête.

Je suçai ardemment sa verge et il s'exécuta, se cambrant et éjaculant dans un cri étouffé. Ma bouche fut envahie de semence musquée et amère. Je déglutis avidement.

Jake s'était enfin brisé, mais je le maintenais en un seul morceau.

Je levai les yeux et vis qu'il était en train de me contempler, sa poitrine s'élevant et retombant lourdement. Je tenais encore ses cuisses alors qu'il passait le bout de ses doigts sur mes lèvres enflées.

Je n'eus pas besoin de lui dire de se pencher pour m'embrasser.

Chapitre 9

JAKE

Depuis combien de temps ne m'étais-je pas réveillé dans un lit auprès de quelqu'un ?

Quelqu'un qui n'était pas ma petite fille ?

Après le départ d'Anna, j'avais eu quelques coups d'un soir, la dernière fois avec un homme et une femme cherchant un mec bi. Cet ébat avait été amusant, mais il n'y avait pas eu de câlins. C'était avant la naissance de Cora, dans ce qui ressemblait à une vie différente.

Et désormais ? Il y avait des câlins.

Les yeux toujours fermés, j'étais blotti contre Cam, son bras autour de moi, ma joue contre son torse poilu. Dormait-il ? Je n'en savais rien. Je n'avais pas eu le temps de me préoccuper d'une gêne entre nous après le déclin de nos orgasmes, car Cam m'avait immédiatement attiré sur le lit et avait remonté les couvertures au-dessus de nous.

Me réveiller dans ses bras aurait dû me mettre mal à l'aise – nous étions assurément à l'étroit sur le matelas double –, mais après ce que nous venions tout juste de partager, nous étions détendus et léthargiques.

Cependant, l'enthousiasme pétillait en moi pendant que je rejouais la scène. *Mon Dieu*, regarder Cam ainsi… si puissant et pourtant curieusement si vulnérable.

Sensible.

Il avait été beau. Et le voir s'agenouiller et sucer ma verge comme un homme affamé hanterait mon esprit jusqu'à la fin des temps.

Je gigotai, frottant ma barbe contre son téton. Son gloussement rauque sous mon oreille fut parfaitement sexy.

Vous avez ce qui ne l'était pas ? *Les pleurs.* Je grimaçai en me souvenant de ce moment.

Cam caressa ma colonne vertébrale.

— Quoi ? demanda-t-il à voix basse. Elle dort encore. Ta sieste n'a pas été très longue. Une vingtaine de minutes, peut-être.

La culpabilité me tordit l'estomac alors que je réalisais que Cora n'avait pas été ma première pensée. Enfin, j'avais pensé à elle, mais je n'étais pas allé vérifier comment elle se portait. J'étais toujours au chaud et assoupi dans les bras de Cam, mes yeux fermés et des gouttes de son sperme séché dans les poils de mon torse.

Et c'était exactement où je voulais être.

— Nous devrions… murmurai-je tout de même.

— Hmm. Pas encore.

Ouvrant les paupières, je gigotai suffisamment pour lever les yeux vers lui. Dans l'après-coup, son expression sombre et fermée s'était muée en un sourire d'une douceur infinie. Mon estomac se retourna à cause d'un élan chaud d'enthousiasme et d'affection. Cam avait toujours eu le cœur sur la main.

Immédiatement, une voix dans ma tête m'avertit de ne pas me faire de faux espoirs. Je ne savais même pas ce que j'espérais. Mon Dieu, ne pouvais-je pas profiter de ces quelques minutes à me sentir au chaud, en sécurité et réconforté ? Je voulais simplement partager ce moment avec Cam. Nous allions devoir retrouver le monde réel bien assez vite.

— Quand as-tu su que tu étais bi ? me demanda-t-il.

Je baissai la tête vers son torse et il caressa mon dos de bas en haut alors que je racontais mes souvenirs.

— En deuxième année d'université. J'ai vu deux hommes au gymnase, un soir. Il était tard et je terminais mes exercices juste dans les temps. J'ai rejoint précipitamment les vestiaires et je me suis dit que je n'avais pas le temps de prendre une douche, comme les employés de l'accueil voulaient rentrer chez eux. Mais je puais, donc j'ai décidé qu'ils devraient attendre encore quelques minutes.

Je gloussai.

— Il m'a fallu un long moment pour comprendre quels étaient ces bruits, ce qui était embarrassant. Une seconde, j'ai craint que quelqu'un fasse une crise cardiaque ou quelque chose de ce genre. Je suis allé enquêter pour m'assurer que personne n'avait besoin d'aide.

— Hmm.

Cam se pencha et m'embrassa sur le sommet du crâne. Il traça la courbe de mon oreille du bout des doigts.

— Ils étaient dans la dernière douche et le rideau n'était qu'à moitié tiré. Ils s'envoyaient en l'air. Deux des grands gars que je voyais toujours dans les parages, en train de soulever de la fonte et de grogner. Ils se protégeaient mutuellement quand ils soulevaient des haltères. À ce moment-là, il était clair qu'ils grognaient aussi. L'un d'eux était appuyé contre le carrelage, les bras et les jambes écartés, et il se faisait baiser.

— Qu'est-ce que tu as fait ?

— J'ai regardé. Mon cerveau me hurlait de reculer, mais je n'arrivais pas à leur arracher mon regard. J'avais vu des mecs s'embrasser, à la télé. Je n'avais jamais réfléchi à ça. Ça ne me dérangeait pas. Mais c'était si… *réel*. Ils grognaient, et leurs muscles se contractaient puissamment. J'avais admiré leurs corps précédemment, à la salle. Ils étaient musclés.

Je levai les yeux.

— Comme toi.

Le souffle de Cam lui échappa brusquement.

— Ça t'a fait bander ? demanda-t-il d'une voix rauque.

J'acquiesçai, le contemplant toujours sous mes cils plissés.

— Je suis resté là, en érection, et je les ai espionnés. Ils auraient pu me voir s'ils avaient regardé derrière eux, mais ils étaient totalement concentrés l'un sur l'autre. Celui qui était derrière embrassait l'autre dans le cou et tendait la main autour de son corps pour caresser sa verge tout en s'enfonçant en lui. C'était comme si j'étais arrivé pendant le tournage d'un porno.

— Ça ressemble grandement à ça.

Je ris.

— C'est vrai.

Je glissai une main sur le torse de Cam, mon pouce caressant son téton. J'explorai son torse et son ventre, le chatouillant et le faisant rire quand mes doigts effleurèrent ses côtes.

— Tu es chatouilleux, hein ?

— Non, répondit-il alors même que je venais de lui prouver le contraire.

Son ventre frémissait sous mon contact particulièrement léger.

— D'accord, d'accord. Oui.

Je cédai, posant ma main sur son ventre et sentant de légers poils sous ma paume.

— Tu t'es masturbé ? demanda-t-il.

L'espace d'une seconde, je fus perplexe et sur le point de répondre que non, je ne l'avais pas fait, parce qu'il venait tout juste de me sucer. Je me souvins alors de la conversation que nous avions. Mon cerveau était en bouillie, bien que ce soit agréable. Ce n'était pas ce brouillard habituel provoqué par mon manque de sommeil.

— Oh, oui. Je suis parti dès qu'ils ont joui. J'ai oublié ma douche et j'ai rangé mon érection dans mon jean. Heureusement que c'était en hiver et que j'avais un long manteau. J'ai quasiment couru jusqu'à mon dortoir. Mon colocataire était en train de partir. Je n'ai même pas atteint mon lit. Je me suis appuyé contre la porte, j'ai craché dans ma main et je me suis fait jouir. J'ai commencé à voir les hommes sous un tout nouveau jour après ça.

— Hm. J'imagine.

Cam releva ma tête pour m'embrasser lentement et passionnément.

Même après m'avoir sucé, je percevais toujours le soupçon de baume à lèvres mentholé que je l'avais vu glisser dans sa poche… hier ? Le temps n'existait plus. L'embrasser me paraissait si *normal*. Comment était-ce possible ? Je n'avais jamais vraiment cru au destin, mais embrasser Cam Walsh toutes ces années plus tard m'avait peut-être rendu croyant.

En plus du léger bourdonnement du bruit blanc dans la salle de bain, nous entendîmes Cora tousser et grogner. Nous nous figeâmes et attendîmes. Les secondes s'égrenèrent, mais elle se calma à nouveau, tout comme nous.

Je devais faire certaines choses, comme préparer du lait infantile afin qu'elle n'ait pas le temps de devenir grognon à son réveil. Mais se retrouver sous les couvertures avec Cam était chaud et confortable.

Il me serra contre lui et je fis le tour de son nombril avec mon doigt.

— Quand as-tu décidé de garder Cora ? demanda Cam d'une petite voix. Tu as dit que l'adoption avait été organisée.

Je frissonnai à ce souvenir et Cam me caressa délicatement le dos. J'optai pour commencer par le début.

— La poche des eaux d'Anna a rompu à trente-six semaines.

— C'est combien de semaines, normalement ? Je sais que c'est neuf mois, mais… Ne m'oblige pas à faire des maths.

Je fus obligé de sourire.

— Trente-neuf ou quarante, c'est considéré comme le terme.

— Cora n'était pas trop maigre quand elle est née ?

— Deux kilos six cents.

— Waouh.

— Ouais. Elle était minuscule. Plus petite que j'aurais pu l'imaginer. Enfin, je ne l'avais pas vraiment visualisée. Je ne m'étais pas demandé si je serais présent pour l'accouchement. C'était une période bizarre. J'essayais de ne pas réfléchir à tout ça. J'étais dans le déni total. Je me disais que si Anna souhaitait faire adopter, c'était ce qu'il fallait faire. Ce n'était pas comme si j'allais devenir père célibataire et élever un enfant tout seul. Ça paraissait absurde.

Cam pinça ma hanche nue et je déglutis péniblement. Quand je repensais à l'époque où Cora n'était pas encore née, je me reconnaissais à peine.

— Le petit copain et patron d'Anna n'avait pas envie de rentrer dans la pièce. Il attendait au bout du couloir, même si elle hurlait de douleur. J'imagine qu'il était lui-même dans le déni. Sa famille, en Pologne, ne savait même pas qu'elle était enceinte. Anna m'a fait du mal, mais je ne pouvais pas la laisser seule. J'ai tenu sa main et lui ai dit de pousser, ce genre de truc. Ses amies sont venues, mais l'hôpital n'autorisait qu'une seule personne dans la pièce. Elle serrait ma main si fort. Je ne pouvais pas la laisser.

Alors que j'inspirais et expirais, Cam se blottit

contre ma tête.

— Cora respirait à peine, quand elle est née. Ils l'ont emmenée immédiatement en réanimation néonatale. L'une des infirmières m'a pris à part et m'a demandé de la suivre. J'y suis resté toute la nuit. Elle était si petite, comparée aux machines. Il y avait des câbles tout autour d'elle. Ça me paraît encore incroyable de pouvoir la tenir sans qu'elle soit rattachée à des machines. Je savais, avant de partir me doucher et dormir quelques heures, que j'allais la garder.

— J'imagine.

— Quand je suis revenu en réanimation néonatale, l'une des infirmières m'a dit : « bonjour, papa ». Elles appellent toujours les parents « maman » et « papa », parce qu'elles voient défiler bien trop de patients pour connaître nos noms. Chaque fois qu'elles m'appelaient « papa », ça attisait ce nouveau feu en moi. Je n'ai jamais eu un tel but. Je n'ai jamais aimé comme ça.

Caressant mon dos et ma hanche avec de lents mouvements, Cam murmura.

— Hmm.

— Je suis allé dans la chambre d'Anna. Elle recevait l'autorisation de partir. Je lui ai dit que je gardais le bébé, avec ou sans elle. Elle ne m'a pas contredit.

— Tu ne t'inquiètes pas à l'idée qu'elle change d'avis ?

Je haussai les épaules.

— Son patron a impliqué son avocat pour qu'il prépare les papiers. Elle a cédé ses droits parentaux. Si elle change d'avis, je m'en occuperai. Mais je ne pense pas qu'elle le fera. Elle n'a jamais voulu d'enfants. Je le respecte. Ce n'est pas facile, dis-je avant de me sentir obligé de rire. C'est l'euphémisme du siècle.

— Tu as dit que Cora était restée combien de temps en réanimation néonatale ?

— Neuf jours. Elle avait du mal à manger. Elle n'arrivait pas à téter, à avaler et à respirer en même temps. Elle commençait à devenir bleue et c'était…

Je frissonnai à nouveau.

— Seigneur. Je ne peux qu'imaginer, dit Cam en me serrant plus fort.

— Oui. Comme elle n'est pas née à terme, elle avait un système digestif et respiratoire immature. Quand elle tétait le minuscule biberon, elle commençait à s'étouffer. Elle arrivait à manger seulement une infime quantité de lait maternel et de lait infantile. Il lui a fallu s'entraîner pour manger normalement. J'étais là-bas tous les matins, je rentrais pour déjeuner, puis j'y retournais. Je lui lisais des livres pendant des heures. J'espérais que ma voix dissimulerait les *bips* constants. Il y avait tant de bruit. Certains étaient réguliers et pas dérangeants, mais d'autres étaient effrayants. Les infirmières se précipitaient vers un bébé et mon cœur tambourinait, espérant qu'il allait bien. J'étais aussi soulagé que ce ne soit pas les machines de Cora.

— Ce n'est rien. Elle est en sécurité. Tu t'es si bien occupé d'elle.

Je me rendis compte que je tremblais et je chassai mes larmes en battant des cils. Je me tournai vers la poitrine chaude et solide de Cam.

— Merci, dis-je contre sa peau.

Cora allait se réveiller et il était temps de se lever… dans quelques minutes.

PLUS TARD CETTE nuit-là, après l'heure du bain, j'habillai Cora avec sa dernière grenouillère propre. Cam et moi avions mangé des plats surgelés ensemble, debout dans la cuisine, en discutant de la comparaison entre les yaks et le bétail ordinaire. J'adorais l'écouter, son ton grave de baryton devenant plus aigu quand il était enthousiaste.

Meeercredi, il était magnifique.

Lorsqu'il fut l'heure d'aller se coucher, le chalet était uniquement éclairé par l'éclat du feu. Cam déroula le sac de couchage au pied du lit. Toby s'était installé devant le poêle et Cora était allongée dans le tiroir posé sur le matelas. Je restai planté là, après avoir renfilé le pantalon de survêtement de Cam.

— Je veux dormir avec toi, laissai-je échapper.

Très subtil.

Les yeux bleus de Cam s'assombrirent.

— Maintenant ?

— Oui. Je veux dire oui, évidemment. Mais je parle vraiment de *dormir* pour l'instant. Enfin, je ne crois pas qu'il y ait assez de place.

Il sourit.

— Ce n'est rien. Ça me va, de rester par terre.

Je me mordis la lèvre.

— C'est juste que je n'ai jamais passé une nuit sans elle à mes côtés depuis qu'elle est rentrée de l'hôpital.

— Je comprends.

Dans son bas de pyjama et son T-shirt, Cam s'allongea par terre et remonta ses couvertures.

— Dors bien.

J'essayai. Sincèrement !

J'eus l'impression d'avoir attendu une éternité, mais seule une quinzaine de minutes devaient s'être écoulées avant que je me glisse hors du lit et m'approche de Cam. Il ouvrit les yeux et réprima un rire alors que nous nous embrassions. Il remonta les couvertures au-dessus de moi et je chevauchai ses hanches tandis que nous bandions déjà tous les deux.

Je passai les mains sous son T-shirt et écartai les doigts dans les poils de son torse.

— Qu'est-ce que tu veux ? chuchota Cam.

Je me penchai et posai mes lèvres contre son oreille.

— Tu vas me dire quoi faire ?

Cam prit une profonde inspiration et m'embrassa, ses doigts se crispant dans mes cheveux. Je gémis pendant notre baiser et remuai les hanches. Sa bouche était chaude et mouillée, tandis que sa langue caressait la mienne…

Puis une autre langue lécha mon oreille.

Gigotant, je claquai une main sur ma bouche pour étouffer mon rire alors que Toby s'immisçait entre nous, léchant nos visages avec enthousiasme. Le torse de Cam gronda tant il riait et il tenta d'ordonner à Toby de retourner vers le poêle.

Ce fut inutile. Nous ne pouvions nous arrêter de rire, ce qui ne fit qu'encourager le chien. Ma respiration devint sifflante.

— J'ai beau avoir envie de toi, je ne suis pas prêt pour un plan à trois.

Cam soupira avant de pousser le museau de Toby.

— Je pourrais l'enfermer dans la salle de bain, mais il n'y est pas habitué.

— Non, non, je ne veux pas qu'il soit seul.

Caressant Toby d'une main, j'embrassai Cam et me blottis contre sa barbe.

— On peut attendre.

— Hmm-hmm. J'ai déjà attendu longtemps. Je peux continuer.

Je fus obligé de l'embrasser. Je glissai ma langue dans sa bouche et inspirai son odeur. Jusqu'à ce que Toby tente une nouvelle fois de nous rejoindre. Je battis alors en retraite dans le lit de Cam. Cora dormait à poings fermés, un bras au-dessus de sa tête, et je déposai un léger baiser sur son crâne avant de m'endormir en souriant.

Chapitre 10

JAKE

L A TEMPÊTE ÉTAIT clairement terminée, car le soleil était apparemment de retour. Mes yeux toujours fermés, je percevais la lumière dorée. Quand je tendis la main aveuglément vers Cora, elle était toujours à côté de moi dans le tiroir, son torse s'élevant et retombant. Elle se réveillait d'ordinaire avant le lever du soleil, mais le changement de rythme l'avait probablement perturbée.

Battant des paupières, je ne compris pas ce que je regardais. Je chassai alors les toiles d'araignée dans mon esprit et m'assis, observant le chalet d'un air émerveillé. En réalité, il était encore tôt et il faisait toujours nuit.

Néanmoins, à l'intérieur, des décorations clignotantes étaient suspendues aux poignées et un petit sapin artificiel, agrémenté de petits ornements et de lumières arc-en-ciel, se trouvait devant le poêle, surmonté d'une étoile étincelante.

— Joyeux Noël, me dit Cam sur la dernière marche d'un escabeau, au pied du lit.

Toujours vêtu de son pyjama, il se servait de ruban adhésif pour accrocher les lumières dorées au plafond sur tout le périmètre du chalet et il avait presque terminé. Remuant la queue, Toby contourna l'escabeau.

— Merde alors ! m'exclamai-je. Euh, mercredi. Zut. Quelque chose. Peu importe ! C'est… waouh. Où les as-tu trouvées ?

— Madame Pinter m'a donné un carton de décorations il y a quelques années. Ça ne valait pas la peine de décorer quand il n'y avait que Toby et moi.

Il arracha un autre morceau de ruban adhésif avec ses dents, ce qui m'excita incroyablement.

— Je me suis dit que Cora pourrait aimer. C'est son premier Noël, après tout, déclara-t-il avant de hausser les épaules. Je me suis dit que tu pourrais aimer aussi.

Prenant soin de ne pas bousculer ma fille, je vins m'agenouiller au bout du lit et tendis les mains vers les hanches de Cam couvertes de tissu. J'avais seulement besoin de le toucher.

— Merci.

— Ce n'est rien.

Il lissa une main sur mes cheveux emmêlés.

— C'est mieux de se servir de ces trucs.

— J'aurais aimé garder les décorations de mon enfance. Je n'ai presque rien pris quand nous avons vidé la maison, comme je n'avais pas de place à Toronto. Il y a quelques cartons de photos et d'autres choses dans le garage d'oncle Steve. À supposer qu'il ne les ait pas jetés, mais je ne pense pas qu'il le ferait. Même oncle Steve a un cœur.

— Seigneur, j'espère qu'il ne les a pas jetés.

Cam redescendit et m'embrassa. Je fondis dans ses bras – et Cora se réveilla en criant et s'agitant.

Nous soupirâmes.

— Bienvenue dans la parentalité, dis-je avant de bafouiller. Je… Je ne voulais pas dire… Non pas que tu es… Je voulais simplement… Je devrais aller la chercher.

Cam acquiesça en gloussant, gêné.

— Je vais finir les guirlandes.

Je n'avais jamais envisagé de sortir avec quelqu'un en tant que père célibataire – qui avait le temps pour ça ? –, mais je l'effraierais en un rien de temps avec de tels discours.

Nous ne sortons pas ensemble. Arrête de t'avancer et profite de Noël.

— Les décorations sont vraiment belles, dis-je. Merci.

— Ce n'est rien. Elles prenaient la poussière, dit-il avant de remonter sur l'escabeau et de hausser les épaules. J'ignore ce que ça implique d'autre, le premier Noël d'un bébé, mais je me suis dit que les décorations aidaient.

— J'imagine que c'est comme un Noël normal ? À moins que j'aie loupé le petit mot sur les activités spéciales.

Grimaçant, je soulevai Cora tandis qu'elle gigotait dans le tiroir.

— C'est probablement le cas. Les mères influenceuses doivent s'être levées à l'aube pour préparer du pain d'épices bio et confectionner une chaussette de Noël artisanale avec de la feutrine locale.

Cam fit alors mine de consulter sa montre.

— Il n'est pas trop tard.

Dans mes bras, Cora s'apaisa pour le moment. Je me détendis donc contre la tête de lit et me blottis sous les couvertures.

— Nous préparions toujours des pancakes le matin de Noël. À la myrtille. Mes parents se chamaillaient ensuite à propos du sirop, parce que mon père préférait l'artificiel.

Cam plissa le nez, ce qui était vraiment adorable.

— Non, non. Il faut que ce soit du sirop d'érable. Ce faux liquide sucré est… non-Canadien.

— Je suis d'accord ! Mais papa l'adorait. Et maman s'en plaignait, mais il y avait toujours une bouteille dans le placard, à Noël.

Cam pendit les dernières lumières en arrachant une ultime fois le ruban adhésif d'un geste sexy.

— Les mères sur Internet utilisent évidemment du ruban adhésif, n'est-ce pas ?

— Absolument. Pour un Noël industriel chic.

Cam sourit de toutes ses dents sous les lumières dorées et, *mon Dieu*, il était absolument magnifique.

— Que mangeais-tu au petit déjeuner, le matin de Noël ? Quand tu étais petit, je veux dire.

— Hm.

Il s'assit au bord du lit et caressa nonchalamment mon genou au travers du duvet.

— Juste des céréales, d'habitude. Papa devait aller s'occuper des troupeaux, parfois, donc on devait attendre qu'il rentre pour ouvrir les cadeaux. Nous n'avions pas grand-chose au déjeuner, parce qu'on attendait la dinde et la farce, m'expliqua-t-il en caressant ma rotule. Mais les pancakes, ça me semble incroyablement bon.

Mon visage s'éclaira.

— On pourrait en préparer.

— Ah bon ? demanda-t-il en haussant un sourcil d'un air dubitatif.

— Bien sûr, ça ne doit pas être si compliqué, dis-je alors que Cora grognait.

— Il y a quoi, dans les pancakes ?

— Euh… De la farine ?

— Oui, il me semble bien.

— Du lait ? Peut-être un peu de levure ? Ou c'est quoi l'autre truc ? Du bicarbonate ? Peut-être du bicarbonate, oui. Et des myrtilles ou tout ce que tu veux mettre dedans.

— D'accord. Bon, je n'ai rien de tout ça.

Nous éclatâmes de rire et Cora gigota avant de couiner. Je devais me lever et entamer sa routine, mais j'étais au chaud sous les couvertures et la main de Cam était à la fois lourde et réconfortante.

— Nous préparerons des pancakes à la myrtille pour son second Noël.

Nous.

Mon Dieu, j'adorais ce mot, bien que Cam ne parle sûrement pas au sens propre. Il ne voulait rien dire de particulier.

Je ne pus tout de même pas m'empêcher de sourire.

— Ce n'est pas grave. Elle n'a même pas commencé à manger de nourriture solide, dis-je en la soulevant. Madame voudrait-elle du lait infantile ou du lait infantile ?

Cora geignit et souffla une bulle de bave.

— Ah, excellent choix.

Elle aperçut le sapin de Noël et tendit la main vers lui tout en battant des pieds lorsque je me levai enfin.

— N'est-ce pas joli ? lui demandai-je. C'est le sapin le plus parfait que j'ai jamais vu.

— Oh, allez, dit Cam en secouant la tête.

Malgré tout, il était clairement ravi.

Avant l'heure de la couche, je fus obligé de l'embrasser à nouveau.

— PUT… M'INTERROMPIS-JE.

— Putois ? suggéra Cam, tout en faisant griller du bacon dans la poêle. Putatif ?

Je ris faiblement tandis que le regard malin de Cam se posait sur moi. Toute trace de taquinerie s'était envolée.

— Quoi ? demanda-t-il simplement.

— Je n'ai presque plus de lait infantile. Il faut qu'on aille en ville demain.

L'idée de partir me pesait dans le ventre comme un morceau de charbon, alors que je préparais le biberon de Cora et la regardais passer du temps sur le ventre sur le tapis. Toby avait été lâché dehors pour gambader à la lumière de l'aube.

La liste des responsabilités et des corvées s'égrenait dans mon esprit. Dans le chalet de Cam, nous étions comme dans une boule à neige, mais désormais, la tempête s'était calmée et le ciel était dégagé. Le monde réel nous assaillait.

— Je dois faire remorquer la voiture jusqu'en ville. M'installer dans mon… dans l'appartement au sous-sol. Faire des lessives. Tant de lessives. Faire des courses. Il n'y aura rien, là-bas.

Mon cœur s'enfonça à chaque mot.

Cam demeura silencieux si longtemps que je crus qu'il ne m'avait peut-être pas entendu.

— Je vais monter à cheval ce matin pour vérifier comment va le troupeau, dit-il impassiblement. Et faire faire de l'exercice à Bonnie. Demain, je vous emmènerai, Cora et toi, à la grande maison sur le dos de Bonnie et je vous conduirai à votre voiture. Monsieur Pinter a un attelage que je peux utiliser pour remorquer.

Je déglutis péniblement.

— D'accord.

— À moins que tu veuilles partir aujourd'hui ?

— Non ! dis-je en criant quasiment. Je veux simplement dire…

Je m'apprêtais à me lancer dans une grande explication, mais je m'interrompis.

— Non, je n'ai pas envie de partir aujourd'hui.

Un sourire étira les lèvres de Cam alors qu'il retournait le bacon crépitant et que Toby grattait la porte.

— Bien. Après tout, c'est Noël. Ils ont encore besoin de temps pour dégager les routes.

Bientôt, avec nos estomacs remplis de bacon et d'œufs – et du meilleur des laits infantiles –, nous nous emmitouflâmes et sortîmes avec Toby, plissant les yeux face à l'éclat du soleil. Il était de retour et là pour se venger.

La neige brillait comme des diamants sous la

lumière du soleil, le ciel au-dessus de la cime des montagnes prenant une teinte d'un bleu profond que je n'avais pas vue depuis des semaines. J'inspirai l'air frais avec bonheur.

— Waouh, chuchotai-je.

J'étais ravi d'avoir attaché Cora dans son porte-bébé pour qu'elle voie le paysage devant nous. Elle donna des coups de pied dans sa combinaison de ski.

Cam avait commencé à avancer péniblement dans les congères pour aller chercher sa souffleuse dans l'abri, mais il s'arrêta.

— Quoi ? demanda-t-il.

— Ça.

J'agitai une main en direction de l'horizon qui semblait s'étirer à l'infini.

— J'ai pris tout ça pour acquis dans mon enfance.

Il demeura silencieux un moment.

— Oui. J'imagine que c'est encore mon cas.

Il revint se placer à mes côtés. Des nuages de buée s'échappaient de nos bouches dans l'air froid, alors que nous admirions le paysage.

Nous ne bougeâmes nullement. Cora babillait contre mon torse pendant que Toby courait et jouait, revenant de temps à autre vers nous. Je regardai fixement les montagnes tandis qu'une vague d'émotions surgissait.

— C'est si bon d'être à la maison.

Mes yeux me brûlaient, mais je ne pouvais pas mettre cela sur le compte de l'air froid et sec.

— Jamais je n'ai voulu revenir après le décès de mes parents. Je n'avais pas réalisé comme ça me manquait.

Cam posa sa grande main gantée sur mon épaule et écouta.

— J'ai pris la bonne décision en ramenant Cora. Je suis tellement soulagé que nous soyons ici. Surtout depuis que nous sommes avec toi.

Cam m'observa. Il semblait attendre que j'en dise plus.

Je m'élançai vers l'avant.

— Non pas parce que tu nous as littéralement sauvé la vie – enfin, c'est pour ça aussi ! Mais parce que nous pouvons passer du temps ensemble. J'en suis heureux.

Sa pomme d'Adam remua.

— Moi aussi.

— Je me sentais seul.

Qu'étais-je en train de dire ? Je posai ma paume sur la tête de Cora et son bonnet fut doux, sous mon gant.

— Non, pas seul. Je suis avec elle vingt-quatre heures sur vingt-quatre, sept jours sur sept. Et je l'aime tant.

Ma respiration se coupa.

— Je n'aurais jamais cru que je pourrais aimer qui que ce soit ou quoi que ce soit de cette manière. Mais être avec toi m'a rappelé que j'en veux plus. J'ai *besoin* de plus. Pour moi. J'ignore comment ça ne peut faire que trois jours, car j'ai l'impression de te connaître depuis toujours. Et je réalise que je te connaissais, quand nous étions gamins, mais je suis vraiment ravi de t'avoir retrouvé. Et j'aimerais vraiment... Pouvons-nous te revoir de temps en temps ?

Une seconde, je craignis que Cam ne réponde pas à ma diarrhée verbale.

— Je sais que tu es très occupé ici, ajoutai-je rapidement. Je ne te mets pas la pression.

Cam posa la main sur ma joue avant de m'embrasser tendrement, le cuir froid de son gant étant le bienvenu sur mon visage brûlant. Sa réponse fut un chuchotement ardent sur mes lèvres.

— *Oui.*

Après un grondement menaçant, Cora péta, puis déféqua.

Cam et moi éclatâmes de rire pendant notre baiser, puis il se redressa et plissa le nez.

— Comment quelqu'un de si minuscule peut sentir comme *ça* ?

— Et ça vient de la part d'un fermier. Tu as entendu ça, Cora ?

Elle péta une fois encore.

Demain, nous retrouverions le monde réel et, avec un peu de chance, Cam et moi comprendrions où nous mènerait notre nouvelle connexion. Nous pourrions discuter par téléphone, comme si nous étions dans les années quatre-vingt.

Demain, nous quitterions notre boule à neige. Mais aujourd'hui, nous passions Noël avec Cam.

Chapitre 11

JAKE

L E RADIATEUR EN bas du mur était chaud. Cora était douillettement installée dans son tiroir, et son beau visage était paisible alors qu'elle dormait. Cam avait joué avec elle un long moment, me posant des questions sur le temps qu'elle devait passer sur le ventre et s'installant avec elle sur le tapis.

Les regarder ensemble me faisait ressentir… Eh bien, cela me faisait ressentir un tas d'émotions que je n'aurais pas dû éprouver. Mais c'était Noël, je m'autorisais donc à me délecter de la joie, de l'enthousiasme et de la paix sur Terre… et surtout de l'espoir.

Cora étant installée pour faire la sieste sur le sol de la salle de bain – c'était toujours mieux qu'une grange, non ? –, j'éteignis la lumière et fermai la porte à moitié.

Et je ne pouvais détourner les yeux du lit de Cam. Je n'arrêtais pas de penser à ce que nous pourrions faire dans cedit lit. Cette rime me donna envie de glousser.

— Jake ?

Je détournai les yeux vers Cam, qui m'observait depuis l'évier de la cuisine en fronçant les sourcils.

— Oui ? demandai-je d'une voix trop essouf-flée.

— Tu as l'air… s'interrompit-il avant de secouer la tête. Peu importe. Tu es fatigué ?

J'acquiesçai, car j'étais toujours fatigué, désormais. J'avais accumulé des mois de dette de sommeil.

— D'accord. Repose-toi.

Oh.

D'un côté, j'étais ravi de pouvoir m'effondrer dans le lit de Cam et de dormir. Mais d'un autre…

Je jetai un coup d'œil derrière moi en direction de la porte entrouverte de la salle de bain. Dans un rayon de lumière orangée, Cora dormait à poings fermés, ses lèvres roses entrouvertes. Toby était dans la grange, donc Cam et moi étions presque seuls.

— Tu n'as pas envie de dormir ? demanda Cam, en se séchant les mains sur un torchon.

— Si, mais non, répondis-je avant de me frotter le visage. Je ne sais pas vraiment si…

Je m'interrompis. Pourquoi était-ce si difficile ? J'avais fréquenté de nombreuses personnes, par le passé. Je n'étais pas un puceau effarouché.

Mais si je faisais ou disais quelque chose de travers ? Mon Dieu, j'étais vraiment épuisé. En dehors des biberons, des couches, de l'heure du bain, des biberons, des couches et de l'heure du bain… qui étais-je, maintenant ?

Cam éteignit la lumière au-dessus de nos têtes, l'éclat du feu projetant des ombres sur son visage barbu. Le soleil était déjà bas, dans le ciel de l'après-midi et la journée s'achevait derrière la petite fenêtre.

Cependant, les yeux de Cam luisaient. Il réduisit lentement la distance entre nous. D'un pas régulier. Avec la chaleur du feu derrière moi et la carrure de Cam devant moi, je n'avais nulle part où aller.

Et les nœuds de tension dans mon corps se détendirent.

— Tu veux que je te dise quoi faire ? murmura Cam.

Un soulagement délicieux m'envahit, suivi par une décharge d'excitation. J'acquiesçai impatiemment.

— Retire tes vêtements et mets-toi au lit.

Avec un dernier coup d'œil en direction de ma fille endormie, je m'exécutai. Les draps étaient doux sur ma peau nue tandis que je me glissais sous les couvertures, en sécurité et au chaud dans le lit de Cam. Je le regardai se déshabiller, une part de moi étant toujours émerveillée que ce cow-boy sexy et confiant soit réellement *Cam*.

Le lit grinça alors qu'il me rejoignait et je m'apprêtais à faire une plaisanterie idiote pour lui demander si le cadre était suffisamment robuste pour nous accueillir tous les deux, mais il roula au-dessus de moi.

— Oh, *putain*, haletai-je.

Le poids de Cam me coinçant pour la première fois, je sentis ma verge enfler. Plutôt que de me faire suffoquer, cela me procurait un réconfort ultime. Il était tout en muscles contractés et en chair brûlante. Je désirais sentir chaque partie de son corps contre ma peau.

— Tu ne veux pas dire *purée* ?

— Pas maintenant, non.

Depuis la salle de bain, Cora grogna et laissa échapper l'un de ses gémissements. Je soupirai.

— Je devrais aller voir comment elle va.

Posant une main musclée sur mon torse, Cam chevaucha mes hanches et s'assit. Il se tordit le cou.

— Elle dort, chuchota-t-il. Tu peux te détendre.

J'étais à deux doigts de rire. Que je me détende ? C'était quoi, déjà, la détente ? J'avais du mal à m'en souvenir.

— Je t'ai dit de te *détendre*, répéta Cam en

tournant autour de mon téton avec son pouce, tout en me tenant contre le lit.

La culpabilité recula comme un cheval tentant de désarçonner son cavalier, mais je me rappelai que Cam prenait les choses en main. Je m'obligeai à inspirer, puis expirer.

— C'est ça, murmura-t-il en continuant ses cercles avec son pouce.

Cam se pencha une nouvelle fois vers moi, se décala et remplaça son pouce par sa langue. Lentement, dans un mouvement régulier, il taquina cet unique téton. Des étincelles de plaisir dansèrent sur ma peau et je me mordis la lèvre pour éviter de m'écrier quand il tordit l'autre sans prévenir.

Mon érection était coincée contre son abdomen poilu. Le poids et la friction, lorsqu'il gigota, provoquèrent des picotements dans mes testicules. Je geignis alors qu'il tendait la main vers le tiroir sous la lampe de lecture au mur.

Un gloussement résonna dans son torse. Cam remonta, son sexe chaud et dur effleurant mon ventre. À côté de moi, il s'appuya sur son coude gauche et m'observa prudemment.

— Tu veux encore que je te dise quoi faire ? demanda-t-il dans un chuchotement rauque qui me donna envie de gémir.

Ma bouche s'assécha.

— Oui, répondis-je d'une voix rauque.

— Tu peux me dire non quand tu le veux.

J'acquiesçai.

Il déboucha une bouteille de lubrifiant et en déposa sur les doigts de sa main droite tout en me regardant. Mon cœur tambourinant, j'acquiesçai à nouveau. Je ferais tout ce que Cam souhaitait. L'idée qu'il soit en moi était intimidante, mais exaltante.

— Je ne vais pas te prendre aujourd'hui, murmura Cam.

La chaleur envahit mon visage. C'était logique. Je n'étais pas certain d'être prêt pour ça, comme je n'avais pas eu beaucoup d'expérience anale. Mais je ne savais pas non plus si je devais être déçu ou non.

— Écarte les jambes, m'ordonna-t-il alors que ses lèvres étaient à mon oreille.

Ravalant un gémissement, je m'exécutai et il vint s'agenouiller entre elles. L'un de ses doigts tourna autour de mon anus et mes cuisses tremblèrent.

À la lumière vacillante du feu, Cam m'observa tout en poussant un doigt en moi. Je cambrai le dos, fermant les yeux. J'agitai mes mains, la pression et l'étirement me semblant si bons. Mes doigts s'enfoncèrent dans son épaule et quand j'ouvris les yeux, je constatai qu'il m'observait encore.

L'intensité de son regard me provoqua des palpitations. Une part de moi voulait à nouveau fermer les paupières et se concentrer uniquement sur les sensations incroyables provoquées par Cam qui me prenait avec ses doigts.

Mais je n'arrivais pas à détourner le regard.

Sous les couvertures, dans l'immobilité obscure du chalet, le poêle réchauffait notre peau et je profitais de l'intimité alors que Cam poussait un second doigt en moi… ce qui fut presque trop. Nos souffles chauds et hachés se mêlèrent entre nous, seul bruit perceptible avec le crépitement du bois qui brûlait.

Ce n'était pas le genre d'ébats de pure forme et de distraction auxquels je m'étais habitué avec Anna au fil des années, ni les plaisirs enivrés à la fin d'une soirée universitaire avec quiconque se trouvait encore là quand la fête s'achevait. Ce n'était pas non plus comme les quelques coups d'un soir que j'avais eus l'année dernière. Il n'y avait pas de *oh chéri* superflu ni autre discussion digne d'un porno.

Rien de tout cela n'était malsain, mais je n'étais pas certain d'avoir déjà eu une telle relation sexuelle. L'étirement de mon anus était sur le fil acéré de la douleur et je cambrai les hanches, comme j'en voulais plus.

Nos regards étaient rivés l'un sur l'autre et nous étions *présents*, à un tel point que mes yeux me brûlaient. Ma respiration se coupa.

Je t'interdis de te remettre à pleurer !

Ses narines se dilatant, Cam se baissa pour m'embrasser, sa langue dans ma bouche imitant le mouvement de ses doigts. Je grognai pendant notre baiser, incroyablement reconnaissant qu'il ait pris le contrôle.

Lorsqu'il recula, puis courba son doigt calleux contre mon point sensible, je pris une grande inspiration pour crier.

Cam était prêt pour moi.

Sa main chaude et musclée fut claquée contre ma bouche. Je grognai, tremblant, avant de m'écrier contre sa paume tandis qu'il se décalait au bord du lit, à genoux, pour avaler ma verge.

Les sensations me submergeaient. Le doigt de Cam caressa ma prostate, sa bouche mouillée et incroyable suça mon sexe et sa main parut lourde sur ma bouche. Je grognai et tremblai, le plaisir montant, montant…

Les lèvres brillant à cause de la salive et du liquide préséminal, Cam leva suffisamment la tête pour parler.

— Je veux que tu jouisses pour moi.

Sa bouche était à peine posée sur moi que j'obéis, gémissant contre la peau moite de sa paume. Mon corps entier était secoué de soubresauts tandis qu'il avalait ma jouissance. Des vagues de plaisir me brûlèrent et le sang tambourina à mes oreilles.

J'étais parfaitement lessivé, mais alors que Cam

prenait sa verge suintante en main et se caressait, je tendis la main vers lui.

— S'il te plaît, laisse-moi faire, chuchotai-je en me baissant et en nous décalant jusqu'à ce qu'il soit sur le dos et que je l'aie en bouche.

Le besoin de le satisfaire et de rendre ce moment parfait me crispa. Je le suçai désespérément, mes lèvres s'étirant au-dessus de sa verge épaisse. Je souhaitais prendre chaque centimètre alors même que je m'étouffais. Cam passa les doigts dans mes cheveux, me poussant et me guidant.

Je me rendis compte que j'avais plongé les doigts dans ses hanches et je détendis ma poigne afin de baisser la main vers ses testicules. Ils étaient lourds et poilus. Je m'éloignai de sa verge pour les lécher. Il jouit subitement, éclaboussant son ventre alors que ses doigts se resserraient autour de mes cheveux.

Haletant à nouveau, je regardai Cam décrire des va-et-vient sur sa longueur. Je tendis la main vers sa peau mouillée, mais hésitai.

— Tu veux goûter ? demanda-t-il d'une voix rauque.

J'acquiesçai.

— Lèche.

Alors qu'un nouvel éclat de désir me traversait dans un frisson, je léchai son ventre poilu, goûtant le parfum musqué et frottant mon corps contre ses jambes. Je remontai lentement alors que Cam caressait mes épaules et ma tête. Je ne m'étais pas senti aussi proche d'une autre personne depuis très longtemps.

Prenant mon visage dans ses mains rêches, il m'embrassa nonchalamment, nos goûts se mêlant sur nos langues. Il était chaud et solide sous mon corps et il poussa ma tête vers son torse. Il coinça les couvertures autour de moi et me serra contre lui.

— Je devrais aller voir comment elle va, marmonnai-je contre les pectoraux de Cam, ses poils chatouillant ma joue.

— Couche-toi.

La culpabilité surgit, comme je l'avais prédit, et je gigotai contre Cam. Il soupira et me laissa me lever. Nu, je passai sur la pointe des pieds devant le poêle et jetai un coup d'œil dans la salle de bain. Cora dormait, un bras au-dessus de sa tête, son torse s'élevant et retombant.

— Pendant que tu y es, tu peux laisser entrer Toby ? chuchota Cam.

Le sol devenait froid, près de la porte, et je me hâtai de m'exécuter. Alors que j'ouvrais, frissonnant dans le courant d'air arctique, Cam siffla légèrement. Toby bondit depuis la direction de la grange et il attendit obligeamment sur le tapis pendant que je fermais la porte. Je chassai toute neige qui s'attardait dans sa fourrure avec la serviette que Cam gardait dans le placard.

Avant que je puisse me recoucher, Toby sauta et prit ma place. J'interrompis ma foulée, frottant mes bras sur lesquels était montée la chair de poule. Je jetai un coup d'œil au sac de couchage, au pied du lit, et soupirai.

— Il n'y a pas de place à l'auberge. Je peux dormir par terre.

Avec un rire grondant, Cam poussa Toby.

— Reviens ici.

Je me blottis sous les couvertures et Cam m'attira contre lui, collant ma tête contre son large torse. Il était comme une chaudière et je m'appuyai contre lui, reconnaissant, tandis que Toby soufflait et se trouvait une place sur nos pieds. Cet encombrement ne me gênait nullement.

J'aurais aimé que Cora puisse se joindre à nous. Je craignais tant de l'écraser. Son couffin étant dans la voiture, elle était plus en sécurité dans son tiroir. Elle dormait déjà à poings fermés, en ce moment. Du moins, c'était le cas une minute plus tôt. Allait-elle encore bien ?

Je m'assis et plissai les yeux en regardant dans la salle de bain. Posant une grande main sur ma tête, Cam m'attira à nouveau contre son torse.

— *Ren-dors-toi*. Elle rêve.

La tension coupable s'estompa et je m'autorisai à rêver quelques minutes également…

Plus tard, Cam nous prépara le dîner tandis que je jouais à cache-cache avec Cora, la faisant rire et donner des coups de pied.

— Ça ne te dérange pas si je mets de la musique ?

Remuant un oignon haché dans une poêle, Cam me répondit :

— Pas du tout.

Il préparait une poêlée de haricots noirs et de viande hachée et l'odeur était déjà délicieuse.

Je récupérai mon portable et hésitai.

— Ce n'est pas de la musique cool. J'ai téléchargé une playlist de chansons de Noël pour Cora.

Fronçant les sourcils, il me jeta un coup d'œil par-dessus son épaule.

— Depuis quand je suis cool ?

Je ris.

— C'est vrai. À vrai dire, tu sais ce qu'est une playlist ? Tu vis ici, sur un terrain que la technologie a oublié. Ta nouvelle maison aura-t-elle le Wi-Fi ? Parce que j'en ai besoin.

À l'instant où je prononçai cette phrase, je réalisai à quel point j'avais l'air présomptueux.

— Enfin, ce que je veux n'a aucune importance ! C'est ta maison. Tu ne veux peut-être pas le Wi-Fi.

Je lançai la playlist tandis que Cam remuait les oignons crépitant. Je fis défiler la liste jusqu'à *Dans une mangeoire,* qui me sembla approprié. Je fus heurté par le souvenir de la chorale de l'église avec laquelle je chantais, enfant, pendant que mes parents me regardaient depuis les bancs.

Je ne me souvenais pas des mots, mais je fredonnai et rejoignis Cam dans la cuisine tandis que les oignons laissaient échapper un parfum délicieusement sucré. Je déposai un baiser sur sa joue barbue, me rappelant de ne pas m'inquiéter pour demain. Ce soir, c'était Noël. Nous étions en sécurité, au chaud et ensemble.

Renversant une cuillère à café d'épices méticuleusement mesurées sur les oignons, Cam sourit.

— J'aurai le Wi-Fi, me répondit-il simplement.

Je tombai alors encore plus amoureux de lui.

Chapitre 12

CAM

CHAQUE BOSSE ET secousse me faisait grimacer alors que nous progression vers la grande maison. J'avais effectué le trajet sur le dos de Bonnie un millier de fois, mais jamais avec un bébé accroché à mon torse.

Pas n'importe quel bébé, le meilleur. La petite fille la plus spéciale du monde. Enfin, je ne connaissais aucun autre bébé, mais… Oui, elle était clairement la *meilleure*. Était-il possible de tomber amoureux en trois jours ? Car la tendresse que je ressentais pour Cora ne ressemblait en rien à ce que j'avais déjà connu.

Sans parler de ce que j'éprouvais pour son papa.

Le faible d'adolescent que j'avais eu pour Jake me paraissait infime et insignifiant. Aussi puissant qu'il ait été à l'époque, quand je le comparais à maintenant… ? Maintenant, Jake était appuyé contre moi, ses mains passées autour de mes hanches et sa tête poussant mon Stetson. Il me faisait confiance pour porter son bébé.

Désormais, je voulais continuer d'avancer vers l'horizon avec Jake et Cora et ne plus les laisser partir.

Tandis que nous montions une côte et que la grande maison apparaissait au loin, je me rappelai que cela faisait *trois foutues journées*. Bien sûr, c'était le quatrième jour, mais ça ne m'aidait pas vraiment. J'avais besoin de me remettre la tête à l'endroit. J'avais une tonne de boulot, Jake et Cora ne pouvaient rester avec moi éternellement.

Je n'avais jamais vraiment eu de petit ami et maintenant je ruminais l'idée d'une éternité ?

Crétin.

— Où est ta nouvelle maison ? me demanda Jake.

— À l'est. Ils ont construit une nouvelle route, sur la propriété.

J'avais repéré le toit, plus tôt, mais je n'avais rien dit. Il valait mieux accompagner Jake et Cora à Lonely Creek. Je ne voulais pas qu'elle reste dehors trop longtemps.

Mon pick-up était garé dans un garage annexe indépendant, près des écuries de la grande maison, et j'espérais que nous pourrions déposer Bonnie, puis déguerpir sans nous faire remarquer. Bien sûr, nous n'étions pas encore arrivés à l'écurie que la silhouette familière de Hal Junior s'approcha sur le porche.

La grande maison était une grande demeure de bois, de pierre et de verre. Son architecture n'avait rien d'extravagant, mais elle était immense, avec sept chambres et encore plus de salles de bain. Le porche était couvert et large, avec une rangée de fauteuils à bascule.

À peine plus âgé que moi, Hal était petit comme son père. Il portait un chapeau de cow-boy et des bottes, comme s'il avait quelque chose à prouver. Il avait un visage que seule une mère pouvait aimer, même si j'étais sans doute injuste. C'était bien sa personnalité qui gâchait son look moyen.

J'ignorais comment il avait fini avec sa femme, Shelby – blonde et pleine de vitalité, elle méritait bien mieux. Elle le rejoignit dehors, remontant la fermeture éclair de sa doudoune rembourrée alors qu'ils s'approchaient.

— Joyeux Noël ! m'appela-t-elle. Et joyeux Boxing Day. Je viens de dépenser une fortune en économisant vingt-cinq pour cent sur un mixeur européen.

Son regard s'éclaira.

— Oh, c'est un bébé ! Qui est-ce ?

— Depuis quand tu as un bébé ? demanda ou plutôt m'interrogea Hal.

Jake descendit de cheval avant que je saute prudemment du dos de Bonnie, gardant une main sur Cora.

— Voici ma fille, Cora. Cam nous a secourus sur le Coyote Trail, juste avant le début de la tempête. Il nous a sauvé la vie.

Shelby s'exclama.

— Oh mon Dieu. Comment saviez-vous que cette vieille route existait ?

— J'ai grandi à Lonely Creek.

Hal plissa les yeux.

— Tu étais ce joueur de baseball. J'ignorais que vous étiez… amis.

Il nous observa, les mains dans les poches et le Stetson baissé sur son front. Il n'avait plus qu'à chiquer du tabac. Il avait grandi en toute légitimité sur le ranch, mais après des années loin d'ici, il avait tout d'un citadin déguisé pour faire semblant.

Le sourire de Shelby devint nerveux alors qu'elle fusillait son mari du regard.

— Pourquoi ne devraient-ils pas l'être ? demanda-t-elle avant de tendre sa main gantée à Jake. Shelby Pinter. Ravie de vous rencontrer. Et vous avez dit que c'était Cora ? Oh, ça me manque de ne plus avoir de bébés. Notre plus jeune a cinq ans, maintenant.

Se rapprochant, Jake la retira du porte-bébé et haussa les sourcils pour m'interroger silencieusement. Il percevait sans aucun doute la tension entre Hal et moi.

Tandis que Shelby s'extasiait devant Cora, dans les bras de son père, je m'adressai à Hal.

— Je vais emprunter l'attelage pour remorquer la voiture de Jake en ville.

— Mon père est au courant ?

Je gardai un ton impassible et tentai de ne pas contracter ma mâchoire.

— Pour ce que j'en sais, il est toujours à l'étranger.

Avant que Hal ne puisse adopter le comportement d'un véritable salopard, son épouse intervint.

— Évidemment que ça ne dérangerait pas ton père de prêter son attelage. Cam, tu sais où il se trouve ?

— Oui, m'dame, dis-je d'une voix traînante en baissant mon chapeau. Je vais le chercher et on vous laisse tranquille.

Il était facile pour moi de mettre Hal sur les nerfs rien qu'en m'adressant à Shelby, ce qui n'avait aucun sens, comme il savait que j'étais gay. J'enroulai les rênes de Bonnie autour de mon poignet et me tournai vers l'écurie.

— Tu es allé chez toi ? demanda Shelby. Le contremaître n'a pas réussi à te joindre. Il m'a dit de te prévenir qu'ils n'auraient besoin que de quelques jours. Tu auras les clés avant le réveillon du Nouvel An, c'est certain.

— Je ne sais pas pourquoi tu l'as fait construire

si petite, remarqua Hal. Mais j'imagine que c'est comme ça que tu as grandi. Sans parler de la cahute dans laquelle tu vis, là-bas.

Il rit sincèrement, comme si nous partagions tous cette plaisanterie.

— Merci, Shel.

Je tournai les talons, le gravier crissant sous mes bottes malgré la fine couche de neige laissée par la déneigeuse. Jake me suivit, portant Cora qui gazouillait joyeusement dans ses bras.

C'était réellement en train d'arriver. Il avait fallu si longtemps pour construire cette maison qu'à certains moments, j'avais douté qu'elle existe un jour. Les retards s'étaient constamment succédé, mais elle m'appartenait presque, désormais.

J'aurais dû en être ravi, mais devoir déposer Jake et Cora en ville me donnait l'impression qu'un nuage de tempête pesait lourdement au-dessus de ma tête.

Dans la grange, j'installai Bonnie, tandis que Cora s'émerveillait devant ce nouveau spectacle et ces nouvelles odeurs.

La voix de Jake s'éleva et devint chantante, adorable, tandis qu'il lui montrait tout.

— Il y a un autre dada comme Bonnie. Ça, c'est un fer un cheval. Là-bas, il y a du foin et un râteau. Oh, et un gros tas de caca.

Il ricana, sa voix montée d'une octave revenant

à la normale.

— Ça, tu devrais connaître.

Je gloussai tout en donnant une pomme à Bonnie et mes épaules se détendirent. Lorsqu'elle eut fini de mâcher, je ne pus résister à l'envie de m'approcher de Jake et de sourire à Cora avant de lui faire des grimaces qui la poussèrent à donner des coups de pied et à couiner. J'aurais pu passer des heures à tirer la langue et à observer ses réactions. Les bébés étaient-ils toujours aussi… addictifs ?

— C'est quoi le problème de ce mec ? s'enquit Jake. Je ne me souviens pas de lui.

— Il ne m'aime pas beaucoup.

Je m'exclamai et fis les gros yeux pour Cora, tout en agitant mes doigts. Mon cœur se serra. Il était si facile de la rendre heureuse.

Jake rit.

— Oui, j'avais compris.

— Il a passé son enfance à se dire qu'il aimerait être ailleurs. Mais quand son père m'a pris sous son aile et a commencé à m'apprécier, son fils est devenu jaloux, j'imagine.

Je m'éloignai difficilement de Cora et caressai les naseaux de Bonnie, m'assurant qu'elle reçoive également de l'affection.

— J'ignore comment les Pinter ont pu élever un tel enfoiré.

— Au moins, sa femme est gentille.

Jake fit rebondir Cora, ce qui la poussa à glousser adorablement.

— Hé, on peut voir la nouvelle maison ? Tu as dit qu'ils avaient construit une nouvelle route ?

Pourquoi cela me rendait-il nerveux ? Ça n'avait absolument aucun sens. Mais ce détour retarderait assurément le moment où je les emmènerais à Lonely Creek.

— Bien sûr.

Shelby apparut dans l'embrasure de la porte.

— Vous avez besoin d'un siège auto ? Lori et Hal Senior en ont un dont ils se servent quand ils gardent les enfants, nous expliqua-t-elle en le soulevant. Il devrait parfaitement tenir du côté passager, Cam. Assure-toi de désactiver l'airbag. Jake devra se faire petit sur le siège du milieu.

Cela ne m'était pas venu à l'esprit et Jake soupira vivement.

— Meer… *credi*, je n'y avais même pas pensé ! Merci beaucoup. Waouh. Il faut que j'allume mon cerveau.

Shelby lui lança un tendre sourire.

— Ce n'est rien. Les mamans sont là pour ça.

Le sourire de Jake s'étira bien trop, mais il prit le siège auto en la remerciant davantage.

— Je suis encore novice dans tout ça. J'imagine que je me concentrais sur le fait d'aller en ville, pas sur la logistique.

Est-il pressé d'aller en ville ?

Secouant mentalement la tête, je me dis que j'étais encore plus idiot de surinterpréter chaque mot qui sortait de la bouche de Jake.

Il fallut bien reconnaître que Shelby ne posa aucune question indiscrète sur l'endroit où pouvait se trouver la mère de Cora. Dans le garage, Jake installa le siège du côté passager de mon pick-up tandis que je berçais Cora contre mon torse, me balançant légèrement. Elle était si *petite* et j'essayai de ne pas penser à toutes les façons dont le monde pouvait lui faire du mal.

Jake luttait avec la ceinture enroulée, la tension marquant son visage et crispant ses épaules.

— Tout va bien.

Il soupira et s'affala contre la portière.

— Difficile de ne pas se sentir coupable à l'idée que ça ne m'ait même pas traversé l'esprit. *Évidemment* que nous avons besoin d'un siège auto pour l'emmener dans le pick-up !

— Ce n'est pas une situation ordinaire. Tu as fait de ton mieux. Tu fais de ton mieux. Tu es un père génial. Un très bon parent.

Jake soupira une fois encore, cette fois-ci avec un doux sourire.

— Merci.

Il m'observa et sembla sur le point de dire autre chose.

— Allons voir ta maison, m'intima-t-il enfin.

Elle n'était pas vaste, comme la grande demeure, mais ma maison à étage était faite du même bois, de la même pierre et du même verre. Elle était constituée d'un garage séparé, d'une écurie et d'un paddock, derrière. Elle faisait face aux montagnes Rocheuses, aux cimes enneigées, avec une immense baie vitrée qui occupait la majeure partie du mur.

Elle contenait quatre chambres, ce qui était trois de trop, selon moi, mais les Pinter m'avaient convaincu que c'était une bonne idée d'avoir des chambres d'amis pour ma mère et… Eh bien, c'était plus ou moins tout. Ce n'était pas comme si les yaks allaient s'incruster.

— Oh, waouh ! s'exclama Jake alors que nous nous en rapprochions.

Il était collé contre mon flanc sur le siège du milieu.

— *Waouh*. Cam, c'est incroyable !

Mon cœur se serra de fierté, ce qui était idiot, comme je n'avais pas moi-même construit cette maison. Plusieurs pick-up étaient garés dehors. Des bruits de perceuse et de marteau faisaient écho à l'intérieur.

— J'imagine que c'est vraiment en train de se produire, m'étonnai-je. Je vais vivre ici.

— *Oui*, tu vas vivre ici. Enfin, le chalet a son charme, mais ça, c'est magnifique, répondit Jake en se tordant le cou pour regarder les alentours. Cette vue !

Je haussai les épaules et arrêtai le pick-up, me sentant étrangement timide.

— Je suis tellement heureux pour toi, poursuivit Jake en saisissant ma main nue et en la serrant. Tu le mérites.

À côté de nous, Cora grogna et gazouilla.

— Cora est d'accord, évidemment, me dit-il.

Je m'agrippai à ses doigts, ne souhaitant pas le relâcher.

— Alors, on pourra venir te voir quand tu auras emménagé ?

— Oui.

Je ne dis rien d'autre alors que j'avais envie de les supplier de rester. Je coupai le moteur et entrai précipitamment pour parler au contremaître, qui me donna les clés et m'indiqua que la maison serait tout à moi le trente et un décembre.

Lorsque nous arrivâmes à Lonely Creek, la Ford en panne de Jake tractée derrière nous, l'après-midi tirait sa révérence. Je devrais monter sur le dos de Bonnie dans l'obscurité pour rejoindre le chalet, mais ça n'avait rien d'inédit.

— À gauche, ici, me dit Jake en me montrant la maison dans laquelle il avait grandi.

Cora dormait et il s'était tu à mes côtés, admirant les alentours alors que nous traversions la ville, notant certainement toutes les différences. Il n'y en avait pas tant, à mes yeux, mais je n'avais sans doute pas remarqué les changements qui s'étaient lentement opérés au fil des ans.

— Stackers est toujours là, murmura-t-il. Les pancakes sont encore bons ?

— Je n'en sais rien. Je n'y suis pas allé depuis des années.

— Je parie qu'ils en ont à la myrtille. On devrait y aller. Enfin, si tu veux, ajouta-t-il rapidement.

— Ce serait bien.

— Cool.

Une étrange tension envahit l'habitacle. Ma bouche s'assécha alors que je me garais devant le trottoir que Jake me désignait. Il observa la maison, qui était comme un ranch d'un étage. Elle était faite de briques marron, son toit était couvert de neige et les lumières brillaient derrière les fenêtres en cette fin d'après-midi.

Jake contemplait la maison qu'il avait connue tant d'années auparavant, sa pomme d'Adam remuant. J'imaginais les souvenirs de ses parents et la vie qu'il avait eue, enfant. Je passai un bras derrière lui et serrai ses épaules.

— La porte était juste marron, constata-t-il d'une voix rauque. C'est bien, le rouge. C'est beau. Je suis sûr que la rénovation du sous-sol sera géniale.

J'entendis un tambourinement. Alors qu'un jeune homme sortait par la porte annexe, de la musique se répandit. Le type attrapa un pack de bières dans la neige et retourna à l'intérieur.

Jake sourit légèrement.

— J'imagine qu'on devait s'attendre à du bruit avec une location de vacances. Les gens viennent skier et faire la fête. Ce n'est rien.

Mon estomac se noua. Les mots se mêlèrent dans ma tête.

— Bref, on devrait rentrer, continua-t-il. Défaire nos valises.

Il se tourna vers moi, tentant toujours de sourire.

— Merci. Tu as vraiment rendu notre Noël incroyable. Ce n'était pas mon premier, comme celui de Cora, mais je ne l'oublierai jamais.

— Tu me manques déjà, laissai-je échapper.

Jake cligna des yeux en m'observant, puis se lécha les lèvres.

— D'accord, répondit-il d'une voix hésitante.

— Je n'ai pas envie que tu partes. Je ne veux pas te voir une fois de temps en temps et peut-être que ça mènera à quelque chose, ou peut-être pas. J'en veux plus *maintenant*. Je te veux.

La respiration de Jake devint superficielle.

— Et Cora ?

Il lui jeta un coup d'œil.

Elle dormait toujours, ses épais cils posés contre ses joues roses.

Je n'eus pas besoin d'y réfléchir.

— Oui.

— Tu en es sûr ? demanda-t-il en me souriant d'un air hésitant.

— Je n'ai jamais été plus sûr de quoi que ce soit.

— Après seulement quelques jours ?

— Je ne sais pas comment l'expliquer, mais oui.

Jake s'agrippa à ma cuisse.

— Tout ira bien pour nous, ici. Je ne veux pas que tu te sentes coupable.

— Ce n'est pas le cas. Mais je ne veux pas non plus que l'un de vous reste ici.

En guise de ponctuation, la basse tambourinant pour une nouvelle chanson secoua quasiment le pick-up.

— Même si c'était une demeure parfaite, je voudrais tout de même que vous reveniez au chalet avec moi.

Jake ouvrit et referma la bouche. Je voyais l'espoir briller dans ses beaux yeux marron.

— Mais… Tu changeras d'avis. Tu ne peux pas réellement avoir envie qu'on *emménage*. Tu vas rentrer chez toi, ce soir, et tu seras ravi d'avoir la paix et la tranquillité.

— Je vais rentrer chez moi ce soir et vous me manquerez tous les deux.

Jake soupira vivement.

Il se mordit la lèvre et j'eus envie de l'embrasser follement, plus que tout au monde.

— Il n'y a pas assez de place. Tu…

— Ma maison sera prête cette semaine. Il y aura tant de place que je ne saurai pas quoi en faire. Emménage avec moi.

— Nous venons tout juste de nous re-rencontrer ! Ça fait moins d'une semaine. Nous ne pouvons pas.

— Qui le dit ?

L'abominable musique me martelait le crâne.

— Euh, tout le monde ? Et si ça ne fonctionne pas ? Si… *nous* ne fonctionnons pas ?

Je haussai les épaules.

— Alors tu quitteras la maison.

Jake rit.

— Oui, ça semble logique quand tu le formules ainsi, mais… merde alors, comment cette musique peut-elle être si *forte* ?

Il regarda Cora, qui arrivait curieusement encore à dormir.

— Je… Je ne veux pas commettre d'erreur.

— Tu n'es pas obligé de rester avec moi. Tu peux partir quand tu le désires.

— C'est vrai.

Je voyais quasiment les engrenages tourner dans son crâne.

— Et si tu décides que ça ne fonctionne pas, dis-le-moi et nous partirons. Nous devons nous promettre d'être honnêtes l'un envers l'autre.

J'acquiesçai.

Jake soupira, son souffle tremblant. Il nous regarda tour à tour, sa fille et moi, avant de se concentrer sérieusement sur moi.

— Tu as vraiment envie d'être avec moi ? Avec nous ? Ta vie paisible ne sera plus la même.

Je m'imaginai rentrer seul au chalet. Voir le sapin de Noël près du poêle et les guirlandes accrochées avec du ruban adhésif au plafond. Mon fauteuil qui m'attendait. Je pouvais attiser le feu et lire mon livre, Toby à mes pieds. Me coucher tôt, avant de reprendre de longues journées dans le champ avec mes yaks et le bétail de monsieur Pinter.

Reprendre ma « vie paisible ».

— Je me sentirai si seul sans Cora et toi.

Jake laissa échapper un petit geignement et m'embrassa en tenant mon visage.

— Oh, Cam. Peut-être qu'on se fait des illusions.

Je caressai sa joue du bout du nez.

— « Paisible » ne signifie pas nécessairement « silencieux ». Ce sera une autre paix. Qu'en penses-tu ? demandai-je alors que mes poumons se contractaient.

Les lèvres de Jake s'étirèrent dans un petit sourire parfait.

— Dis-moi quoi faire.

Chapitre 13

CAM

Reculant, nous observâmes le berceau d'un œil critique. Jake s'agrippa à la rambarde et la secoua violemment, mais le petit lit ne bougea pas d'un pouce.

— Je crois que c'est bon, répondis-je.

— *Toi*, qu'en penses-tu ? demanda Jake à une Cora endormie avec cette voix mélodieuse qu'il lui réservait strictement.

Elle me faisait toujours sourire. Admettons, cela ne faisait qu'un peu plus d'une semaine, j'allais donc peut-être m'en lasser.

Je ne le pensais pas.

Après avoir récupéré Cora dans son siège auto posé par terre, Jake la déposa dans le berceau tandis que j'ajustais le babyphone vidéo. Je traversai le couloir vers la chambre principale avec le second à la main.

Il n'y avait pas encore de meubles et comme c'était le réveillon du Jour de l'An, nous n'en aurions pas avant plusieurs jours. Le luminaire suspendu était en fer forgé noir, orné de volutes, et il avait été réalisé par un artisan local. Il projetait des ombres sur les murs blancs et chauds. Tout paraissait trop propre, trop grand, trop caverneux, mais je savais qu'on occuperait vite les lieux et qu'on y laisserait quelques marques.

Je posai le babyphone sur un carton, près de la grande fenêtre derrière laquelle la nuit tombait, et le berceau apparut sur l'écran.

— Ça fonctionne ! dis-je.

Sur l'écran, Jake se redressa après s'être penché vers Cora et l'avoir bordée dans ses nouveaux draps et une couverture.

— Ah oui ?

Il disparut de l'écran et réapparut dans l'embrasure de la porte quelques secondes plus tard. S'accroupissant à côté de moi, il observa l'écran.

— Le signal Wi-Fi est génial.

Ça n'avait pas été facile, mais je m'étais assuré que la ligne téléphonique et Internet soient installés à temps. Ça n'avait aucune importance pour moi, mais ça en avait pour Jake.

Il sourit face à l'écran.

— Elle a l'air complètement assommée. Elle ne verra pas minuit.

— Bienvenue au club.

Je consultai ma montre et vis qu'il n'était qu'un peu plus de vingt et une heures.

— Je ne suis pas resté debout pour le réveillon du Jour de l'An depuis mon enfance.

Jake bâilla.

— L'année dernière, j'étais dans un club du centre-ville de Toronto, à m'enivrer. J'ai l'impression que c'était la vie de quelqu'un d'autre.

Je n'avais vu des boîtes de nuit que dans les films.

— Ça te manque ?

Pourquoi retenais-je ma respiration ? Il avait vécu en ville des années. C'était un sacré changement.

Il sourit à Cora sur l'écran, avant de se pencher et de m'embrasser.

— Non, murmura-t-il contre mes lèvres.

Soupirant, je glissai ma langue dans sa bouche accueillante et tendis la main pour la passer derrière son crâne. Chaque baiser provoquait une vague de chaleur, mais l'excitation allait au-delà du physique. Je n'arrivais toujours pas à croire que j'embrassais quelqu'un… encore moins Jake. Je me disais que la fougue finirait par s'épuiser, mais je ne l'espérais pas.

— Enfin, boire un verre ne me dérangerait pas, dit Jake en reculant. J'imagine que nous n'avons rien de pétillant sous la main.

— Désolé. Je bois une bière de temps à autre en été, mais c'est plus ou moins tout. Je peux appeler la grande maison. Je suis sûr que Shelby a quelque chose dont elle voudra bien se séparer.

— Non. Ça ne vaut pas la peine de confronter Hal Junior. En plus, je n'ai rien bu depuis des mois. Si je commence maintenant, ça va me monter à la tête et nous n'arriverons jamais à emporter ce matelas à l'étage.

Je ferais enrager Hal Junior du matin au soir si cela pouvait faire plaisir à Jake.

— Je peux m'occuper du matelas seul.

— Oh, tu le peux ? dit Jake alors qu'un sourire moqueur illuminait son visage. D'accord, je te regarde essayer.

Bon, lutter avec le matelas king size dans la courbe des escaliers fut plus facile à dire qu'à faire.

— Pivote ! hurla Jake, quelques marches en dessous. Pivote !

Il siffla et applaudit, tandis que je m'efforçais de plier suffisamment le matelas ferme pour le faire passer dans le virage.

— Ça y est, tu veux un coup de main, mon grand ? demanda Jake.

Je cédai en riant.

Mes chaussettes glissèrent légèrement sur le nouveau parquet ciré quand je tirais pendant que Jake poussait. Je notai dans un coin de ma tête d'acheter l'un de ces tapis qui descendaient au milieu de l'escalier. Avant même que je m'en rende compte, Cora commencerait à marcher et je devais m'assurer qu'elle ne tombe pas.

Une voix dans ma tête intervint et m'indiqua que je mettais la charrue avant les bœufs, mais je la fis taire.

Bien sûr, ça ne fonctionnerait peut-être pas entre Jake et moi. Toutefois, alors que nous laissions tomber le matelas par terre, dans la chambre, et que Jake s'effondrait au-dessus de moi, être avec lui me parut *normal*. Comme une vérité, jusque dans mes os, que je ne pouvais nier.

L'emballage plastique autour du matelas se froissa sous nos corps alors que nous tombions.

— Heureusement que le sommier n'est pas encore arrivé, dis-je. On a suffisamment monté et descendu l'escalier.

La journée avait été longue. Je m'étais occupé de mon troupeau avant de déménager quelques éléments du chalet avec mon quad.

— Je déteste devoir te le dire, mais le pick-up n'est pas encore vide.

— Ça peut attendre l'année prochaine.

Le plastique bruissant, Jake roula sur moi, passant une jambe au-dessus de la mienne.

— J'imagine que nous pouvons nous coucher tôt.

Il ouvrit une main au-dessus de ma chemise à carreaux, ses doigts se faufilant entre les boutons pour taquiner ma peau.

— *Bien que...* Nous pourrions d'abord inaugurer ton nouveau matelas.

— Notre matelas.

Jake sourit en rougissant et je l'attirai pour un long et lent baiser. Lorsqu'il devint plus passionné, je fis rouler Jake sous mon corps, le couinement du plastique résonnant fortement dans la pièce vide.

Nous rîmes.

— J'imagine que nous devrions prendre les draps dans le sèche-linge. Qui sait où s'est retrouvé ce plastique.

Je grognai avant d'acquiescer. Nous courûmes au rez-de-chaussée afin de prendre ce dont nous avions besoin. Toby était toujours dehors et je m'assurai que sa trappe ne soit pas enneigée. J'attrapai ma trousse de toilette et fouillai dedans à la recherche du lubrifiant pendant que Jake se battait pour mettre le drap-housse sur le matelas.

J'avais opté pour une simple parure de lit bleu marine ainsi qu'une couverture tissée serrée, comme Shelby m'avait dit que plus il y avait de fils, mieux c'était. J'avais également choisi des draps et des couvertures pour le berceau après que Jake avait passé près d'une demi-heure à déchiffrer les emballages dans le rayon linge de maison du magasin de Lethbridge, de plus en plus tendu.

Nous nous déshabillâmes et Jake observa ensuite le babyphone, se penchant et m'offrant une belle vue sur ses fesses. Je savais qu'il était anxieux à l'idée de dormir dans une autre pièce que sa fille et de la mettre dans un berceau, mais il m'avait parlé des frontières saines, des études sur la parentalité et des statistiques.

Je poussai le matelas contre le mur et m'allongeai dessus. Nous avions récupéré les oreillers au rez-de-chaussée. Je relevai la tête et observai Jake.

— Elle va bien ? demandai-je d'une petite voix.

Il se redressa avant de reculer.

— Oui. Elle dort à poings fermés.

Il se pencha une nouvelle fois et tourna le carton pour que nous ne voyions plus l'écran.

— Je vais juste… commença-t-il à dire en reculant. Je l'entendrai encore si elle pleure.

— Oui.

— Le volume est au maximum, non ?

Il se pencha et appuya sur des boutons avant d'attendre.

— Je n'entends rien.

Grognant, je me levai et traversai, nu, le couloir jusqu'à la chambre à moitié plongée dans le noir. Une veilleuse en forme de champignon luisait près du berceau.

— Tu m'entends ? chuchotai-je avant de retourner dans notre chambre.

Jake acquiesça et glissa les bras autour de ma taille.

— Merci. Désolé.

— Ne le sois pas.

J'appuyai nos fronts l'un contre l'autre.

— Bon, où en étions-nous ?

Jake me poussa vers le matelas et je reculai.

Allongé sur le dos, je pris une profonde inspiration et ressentis un éclat de désir tandis que Jake chevauchait mes hanches. Il jeta ensuite un coup d'œil vers l'immense fenêtre et écarquilla les yeux.

— Attends, il nous faut des rideaux !

— Il n'y a personne sur des kilomètres, petit citadin.

— Oh, c'est vrai. Évidemment, dit-il avant de me sourire. Alors ?

— Alors quoi ?

Le coin des yeux de Jake se plissa tandis qu'il parlait lentement et sûrement.

— Dis-moi quoi faire.

— Hmm.

Je glissai mes mains sur ses cuisses musclées et poilues.

— J'ignore par où commencer.

L'attirant près de moi, je tendis la main pour caresser la fente de ses fesses.

— Tu as aimé ça quand j'ai mis mes doigts en toi ?

Jake acquiesça vivement.

— Tu crois que tu peux prendre ma queue ?

Il écarquilla les yeux et sa respiration se coupa.

Il acquiesça une fois encore.

Je remontai et descendis sur sa raie, effleurant son anus. D'un côté, j'avais envie de le voir me chevaucher. Le voir s'étirer et s'affairer pour me prendre, centimètre après centimètre, tandis que sa verge durcirait…

Toutefois, alors que les secondes s'écoulaient, je vis son expression vaciller. Une partie de sa confiance et de son excitation s'évaporait. Je le voyais presque commencer à trop réfléchir, son regard glissant vers le babyphone, ses mains s'agitant nerveusement sur ma taille.

Dans un mouvement puissant, je fis rouler Jake sous mon corps.

— Écarte tes jambes.

Gémissant, il ferma les yeux et m'obéit.

Je pris du temps pour lubrifier son entrée, le prenant avec mes doigts dans de longues caresses régulières jusqu'à ce qu'il se mette à trembler.

— S'il te plaît, Cam. Baise-moi.

Un instinct animal surgit en moi.

— Répète-le.

— Baise-moi, gémit-il tandis que de la sueur perlait sur son front et mouillait ses cheveux ondulés.

— Mon nom.

— Oh ! répondit Jake en souriant. Cam. *Cam.*

Tandis que je le pénétrais avec ma verge, je voyais qu'il retenait sa respiration. Il fermait les yeux si ardemment que je m'inquiétai pour ses globes oculaires. Je me figeai et caressai sa joue du bout du nez.

— Tout va bien. Je suis avec toi.

— C'est assez difficile à oublier, dit Jake au travers de ses dents serrées.

Il ouvrit les yeux et nous éclatâmes de rire.

— Mec, tu as eu une sacrée poussée de croissance, après le lycée.

Je le sentis se détendre et j'entrai un autre centimètre en lui en souriant.

— Personne ne s'en est plaint, jusqu'à maintenant.

— Je ne m'en plains pas, c'est juste que…

Jake haleta et cambra le dos.

— Oh, p…

— Patate ? Purée ? Pouah ?

Je reculai de quelques centimètres avant de m'enfoncer davantage.

— *Putain*, souffla Jake.

Sa pomme d'Adam remua et sa tête s'inclina en arrière.

— Hmm.

Je me penchai pour embrasser sa gorge barbue, léchant la chair et les gouttes de sueur salée accumulées dans le creux.

— Je n'ai pas fait ça depuis longtemps, me dit Jake d'une voix rauque.

Nos regards se croisèrent et il prit une profonde inspiration, ses mains passant autour de mes côtes pour empoigner mon dos.

— J'ai l'impression que c'est la première fois.

Tandis que je poussais un centimètre de plus, je capturai sa bouche dans un baiser mouillé et désordonné.

— Tu es à moi, grondai-je quasiment.

Jake laissa échapper de petits bruits adorables et désespérés du fond de sa gorge. Bien qu'il ne soit pas beaucoup plus petit que moi, un élan protecteur m'envahit, coulant dans mes veines comme du sang.

J'avais pris des hommes au fil des années, mais pas comme ça. C'était… *plus*, et subitement, ce fut moi qui me contractai et qui étais essoufflé. Je n'avais jamais pris qui que ce soit sans préservatif et, Seigneur, la chaleur incroyable que je ressentais en étant en lui sans rien pour nous séparer crispa mes testicules.

Je me moquais de savoir si c'était trop rapide. Nous avions mutuellement confiance en l'autre. Que mon cœur, mon âme et mes os aient choisi de faire confiance à Jake Gregson, entre tous… cela ne me surprenait plus.

Ce qui est juste est juste. Je ne comptais pas gâcher ma salive en l'argumentant.

Lorsque je fus entièrement enfoncé, je baissai la main et touchai l'orifice étiré de Jake.

— Tu me prends tout entier.

— J'adore ça.

Je roulai des hanches et lui lançai un sourire taquin.

— Tu en es sûr ?

— Ouais.

Jake sourit de toutes ses dents blanches et son petit sourire fut légèrement crispé.

— C'est trop ?

Il était sacrément serré autour de moi et je devais être lourd, au-dessus de lui.

— Non !

Il s'agrippa à ma hanche et à mon épaule.

— Reste. J'aime que tu sois aussi gros. C'est si bon, comme si le reste du monde avait disparu. Il n'y a que toi et moi.

Son visage se froissa et il tourna la tête vers le babyphone.

— Je ne veux pas dire que… Je…

— Tout va bien.

Je tournai une nouvelle fois son visage vers le mien et le regardai dans les yeux.

— Pour l'instant, il n'y a que toi et moi, et ce n'est pas grave. Tu en as le droit. Tu es en sécurité. Nous sommes tous en sécurité.

Ses yeux s'emplissant de larmes, Jake acquiesça et m'attira pour un long baiser désespéré.

— Maintenant, prends ma queue comme tu es censé le faire.

Jake acquiesça en grognant et glissa ses ongles

émoussés sur mes bras. Il écarta largement ses jambes alors que je le prenais. Le claquement de nos chairs faisait écho dans la pièce et mes muscles se raidissaient.

Jake bandait entre nous et cambrait le dos. Sa verge était rouge et luisait. Il haleta quand j'enroulais une main lubrifiée autour de lui.

Je n'eus pas besoin de lui dire de jouir pour moi.

Pendant que Jake tremblait et se resserrait autour de moi, je donnai des coups de reins plus violents. Haletant, il m'observa pendant que je le prenais. Ses lèvres entrouvertes, il hocha la tête. Lorsqu'il tendit la main pour tourner autour de mes tétons, je jouis en lui, mon corps entier s'enflammant.

Nous restâmes ainsi, mouillés et emmêlés, jusqu'à ce que nos respirations redeviennent normales. Je remontai la nouvelle couverture au-dessus de nous. Mes paupières étaient lourdes…

Quand je me réveillai après une sieste, la pièce était plongée dans le noir, sans compter la légère lumière émise par le babyphone. Je m'assis et me frottai le visage.

— Jake ?

Toujours nu, il était agenouillé devant le baby-phone avec un drap autour de lui.

— Désolé, je ne peux pas dormir si elle est dans une autre pièce. Je sais que je dois m'y habituer. Elle aussi. Mais…

Il reposa son regard sur l'écran.

— C'est rien. L'année prochaine.

Toujours nus, nous transportâmes le matelas jusqu'à la chambre de Cora, nous intimant mutuellement le silence et essayant de ne pas rire trop fort avant de nous installer sous la couverture. Cora ne bougea même pas, alors que Toby s'incrustait. Nous fûmes tous profondément endormis avant minuit.

Du moins, jusqu'à ce que Cora nous réveille.

Alors qu'elle s'agitait dans les bras de Jake, minuit sonna et notre avenir commença.

Épilogue

JAKE

Un an plus tard

GARDANT UN ŒIL sur l'horloge, je faisais mine d'écouter pendant que mon client se plaignait. La plupart du temps, ils souhaitaient seulement être entendus. Nous étions au téléphone, ce n'était pas un appel vidéo, je n'avais donc pas été obligé de mettre une chemise et une cravate pour cette réunion.

Je savais exactement comment régler ce problème, mais j'attendis et le laissai évacuer sa colère. La fenêtre du bureau du premier étage donnait sur la cour… enfin, ce n'était pas réellement une *cour* puisqu'elle s'étirait sur des kilomètres.

Je voyais les cimes enneigées des Rocheuses au-dessus de mon ordinateur et, dehors, j'entendais Cora crier joyeusement pendant qu'elle jouait avec madame Pinter – Lori.

223

Il était si tentant de se lever et de jeter un coup d'œil par la fenêtre afin de voir ce qui la rendait aussi heureuse, mais je me concentrai sur mon client. C'était mon dernier appel de la journée et, étant donné que mon patron m'avait autorisé un temps partiel pour une durée indéterminée, je devais faire de mon mieux au boulot.

Nous étions au début du mois de décembre et les jours ne cessaient de raccourcir. Lorsque j'enfilai mes bottes et mes affaires d'extérieur, le soleil doré éclairait le paysage désormais couvert de neige.

Lori m'adressa un signe de la main et le visage si beau et parfait de Cora s'éclaira. Il n'y avait pas de vent, mais l'air était mordant. Ses joues avaient rosi.

— Dada !

Tenant une pelle en plastique rouge, elle courut vers moi avec ses petites jambes, sa combinaison de ski bouffante et violette lui conférant une démarche maladroite. Elle était toujours petite, à presque dix-huit mois, mais elle franchissait toutes les étapes.

Je la pris dans mes bras et déposai des baisers sur ses joues froides.

— Salut, ma chérie.

Un bonnet vert représentant un crocodile, tricoté par Lori, protégeait sa tête et couvrait ses boucles brunes. Elles étaient comme les miennes, si j'en croyais les albums photos de moi, bébé, que j'avais trouvés dans le garage d'oncle Steve. Nous ne le voyions pas beaucoup, sa famille non plus, mais ce n'était pas grave.

Je m'étais trouvé ma propre famille.

— Regarde !

Cora montra un tas de neige avec sa main gantée. Elle sourit, sa joue se creusant comme celle d'Anna. Je me disais que sa mère lui avait laissé un beau cadeau. Je n'avais pas eu de nouvelles de cette dernière et je ne m'attendais pas à en avoir.

Grognant légèrement, Lori se redressa.

— La neige n'est pas de bonne qualité pour être tassée, alors notre château ressemble plus à une colline. Mais elle s'amuse.

Je fis des *ooh* et des *aah* devant le petit tas de neige et encourageai Cora alors qu'elle remplissait une nouvelle fois son seau de plage en plastique.

— Merci, dis-je à Lori. Êtes-vous sûre que…

Elle m'interrompit en secouant fermement la tête. Sa queue de cheval grise se balança.

— Je vous ai dit, à Cam et toi, une centaine de fois que ça me fait plaisir de passer dès que vous avez besoin de moi. Mes petits-enfants sont à Calgary et Edmonton. J'ai besoin de ma dose. Il serait insensé que vous la conduisiez jusqu'à Lonely Creek pour la crèche alors que je suis juste là, dans la grande maison, et que je n'ai pas grand-chose à faire. Enfin, il vaudrait mieux que je rentre, maintenant, pour préparer le dîner avec ma mijoteuse.

Nous nous étreignîmes et Cora agita la main pour dire au revoir à Tante Lori. Cam et moi adaptions nos emplois du temps hebdomadaires pour nous occuper tour à tour de Cora. Nous nous étions arrangés pour qu'il puisse l'amener au travail, parfois. Il effectuait certaines tâches, comme nettoyer les écuries, avec elle dans son dos. Mais certains jours, Cam devait s'aventurer toute la journée dans les portions plus lointaines du ranch.

Les feux arrière de Lori venaient à peine de disparaître dans un creux de la route que déjà les phares de Cam apparaissaient. Le soleil s'était couché derrière la cime des montagnes et l'éclat doré qui persistait nous baignait de sa lumière.

— Bam-Bam ! hurla Cora.

Cam klaxonna en se garant, ce qui la faisait hurler de joie chaque fois. Il s'arrêta dans le garage à côté du SUV – une Subaru d'occasion qui, jusqu'ici, fonctionnait bien mieux que la Ford que j'avais achetée à Toronto. Admettons, la barre n'était pas bien haut.

Avec Cora dans les bras, nous allâmes le retrouver devant le garage.

— Bam-bam ! s'écria-t-elle.

— Salut, mon sucre d'orge.

Cam me la prit des mains, l'embrassa sur le nez et la fit glousser.

Pour une curieuse raison, « Cam » était devenu « bam » dans l'esprit de ma fille avant de se muer en « Bam-bam ». Nous lui montrions parfois des épisodes des *Pierrafeux* et elle montrait Cam chaque fois que le personnage de Bam-bam était mentionné.

Honnêtement, ce surnom lui allait.

— Salut, chéri.

Je l'embrassai, adorant que sa bouche ait le goût de son baume à lèvres mentholé préféré.

— Ça s'est passé comment ?

Il avait aidé Hal Senior avec le bétail. Il avait donc conduit le pick-up jusqu'à la grande maison et Bonnie avait eu un jour de repos dans son paddock.

— Bien. Je suis aussi passé en ville, dit-il en montrant son véhicule d'un geste de la tête. Tu me donnes un coup de main ?

Je m'exclamai lorsqu'il releva la bâche.

— Je croyais que nous attendions une semaine pour que le sapin ne sèche pas trop ?

Il haussa les épaules.

— Je voulais te faire la surprise.

Le sapin était beau. Il fallait clairement deux personnes pour l'emporter à l'intérieur, même avec les muscles de Cam. Le sapin dégageait une odeur divine, même si les épines me griffaient.

Une fois l'arbre déposé devant la grande baie vitrée du salon, nous y accrochâmes des guirlandes et suspendîmes les nouvelles décorations que j'avais achetées ainsi que celles que Lori avait offertes à Cam pour le chalet.

Toby courut partout, se glissant entre nos jambes, tandis que Cora tentait de manger les guirlandes avant de faire tomber les boules comme un chat.

C'était parfait.

LE MATIN DE Noël, Cam me réveilla dans l'obscurité précédant l'aube et se colla contre mon dos, son érection contre mes fesses.

— Roule et laisse-moi te baiser, me chuchota-t-il.

Dis-moi quoi faire restait souvent tacite, désormais. Je n'étais pas dépassé ni épuisé comme je l'avais été un an plus tôt, mais le fait qu'il prenne le contrôle était comme notre poignée de main secrète. C'était l'un des fils délicats qui nous liait. Il savait toujours comment prendre soin de moi. Comment m'aimer.

Et je l'aimais en retour.

Soudain réveillé, je m'agenouillai et écartai les cuisses.

— Putain, oui.

La verge lubrifiée de Cam taquina mon orifice.

— Ça fait un dollar pour la tirelire à gros mots,

me taquina-t-il.

— Disons deux. Putain, c'est…

Je haletai alors qu'il me pénétrait lentement, chaud et nu.

— … Ça en vaut la peine.

Depuis la première fois que Cam m'avait pris sur le nouveau matelas posé au sol, j'avais adoré l'avoir en moi. Ce n'était pas uniquement à cause de l'étirement délicieux provoqué par sa verge, mais aussi de la caresse de ses lèvres dans mon cou ou sur ma joue. De ses chuchotements d'encouragement. De sa puissance et de la tendresse de ses grandes mains.

— C'est ça, murmura-t-il alors que ses lèvres étaient chaudes contre mon oreille et qu'il se balançait en moi. Je te tiens. Je vais te faire jouir.

Et bon sang, il y arriva.

Au rez-de-chaussée, nous avions laissé le sapin de Noël allumé pendant la nuit et l'éclat arc-en-ciel m'accueillit quand je descendis sur la pointe des pieds, dans la grenouillère trop grande en forme de renne que j'adorais encore porter.

Je savais que Cora était trop jeune pour comprendre réellement qui était le Père Noël, mais j'avais gardé la majorité des cadeaux emballés dans un sac poubelle au fond du placard de la chambre d'amis.

Agitant la queue, Toby arriva depuis la cuisine où j'avais tout ce qu'il me fallait pour préparer des pancakes à la myrtille. Je me penchai et lui grattai la tête avant de le laisser me lécher le menton.

Je venais tout juste de finir de ranger les cartons et les sacs sous le sapin quand Cam descendit avec Cora dans les bras, ses pas étouffés par l'épais tapis qui longeait l'escalier. Il portait son survêtement habituel ainsi que son T-shirt et ses chaussettes en laine. J'espérais qu'il serait d'accord pour porter les pyjamas de Noël assortis que je nous avais achetés à tous les trois.

— Joyeux Noël, m'écriai-je.

Cora frappa dans ses mains alors que son regard s'illuminait.

— Le Père Noël est venu. Regarde tous les cadeaux sous notre sapin ! Et il a rempli nos…

J'observai, au-dessus du fauteuil à bascule, les trois chaussettes suspendues méticuleusement au manteau de la cheminée, sous la télé à écran plat. Avec une nette écriture blanche, nos noms avaient été cousus sur chaque chaussette :

Cora

Dada

Bam-Bam

La joie m'envahit.

— Comment ? Quand ?

Cam posa ma fille sur le tapis afin qu'elle puisse courir vers le sapin, Toby zigzaguant autour d'elle. Il haussa les épaules, mais ne put s'empêcher de sourire, ce qui était *adorable*.

— Je les ai fait faire en ville. J'ai remplacé les chaussettes par des leurres. Donc, maintenant nous en avons six. Juste pour info.

Souriant, je traçai les lettres avec mon doigt.

— C'est pour ça que tu as insisté pour mettre les cadeaux dans les chaussettes, hier soir.

— Oui. Merci pour le baume à lèvres.

Je lui assénai une légère claque sur le torse.

— Tu n'étais pas censé ouvrir quoi que ce soit !

— Je ne l'ai pas ouvert ! Ne me dis pas que ce tube minuscule est autre chose. Je suis impressionné que tu aies réussi à l'emballer.

— Je suis très doué et…

Nous pivotâmes tous les deux en entendant le bruit de papier déchiré. Nous rejoignîmes ensuite Cora et Toby avant qu'ils fassent trop de dégâts.

Plus tard, je publiai un selfie dans nos pyjamas assortis que Cam avait pris avec son long bras. Nous riions devant le sapin, alors qu'un bazar composé de papier cadeau et de petits nœuds était éparpillé autour de nous. Cora était dans mes bras et Toby léchait l'oreille de Cam. La photo était floue et prise de trop près.

Cam proposa de prendre un autre cliché, mais je ne l'aurais changé pour rien au monde.

FIN

À propos de l'auteur

Keira cherche le parfait mélange de personnages, d'intrigue et de fougue dans ses romances MM. Elle écrit de tout, des pirates flamboyants aux escapades bouillantes et émouvantes. Ses sujets préférés sont les ennemis qui deviennent amants, la différence d'âge, la proximité forcée, et les vierges passionnés. Bien qu'elle aime une angoisse délicieuse en cours de route, Keira garantit les fins heureuses !

Lisez plus de romances MM torrides et émouvantes de Keira Andrews :
KeiraAndrews.com

www.ingramcontent.com/pod-product-compliance
Lightning Source LLC
Chambersburg PA
CBHW061249310726

48971CB00007B/2293